U0598859

Everything
Beautiful
Began
After

美，始于怀念

Simon Van Booy

〔英〕西蒙·范·布伊 著　翁海贞 译

人民文学出版社
PEOPLE'S LITERATURE PUBLISHING HOUSE

著作权合同登记号　图字 01-2023-6183

Simon Van Booy
EVERYTHING BEAUTIFUL BEGAN AFTER

图书在版编目(CIP)数据

美,始于怀念/(英)布伊著；翁海贞译.—北京：
人民文学出版社,2013(2024.9 重印)
ISBN 978-7-02-009724-1

Ⅰ.①美… Ⅱ.①布… ②翁… Ⅲ.①长篇小说-英
国-现代　Ⅳ.①I561.45

中国版本图书馆 CIP 数据核字(2013)第 042267 号

责任编辑　　卜艳冰　骆玉龙
封面设计　　钱　珺

出版发行　人民文学出版社
社　　址　北京市朝内大街 166 号
邮政编码　100705

印　　刷　山东新华印务有限公司
经　　销　全国新华书店等

开　　本　890 毫米×1240 毫米　1/32
印　　张　11
字　　数　238 千字
版　　次　2013 年 8 月北京第 1 版
印　　次　2024 年 9 月第 2 次印刷

书　　号　978-7-02-009724-1
定　　价　59.00 元

如有印装质量问题,请与本社图书销售中心调换。电话:010－65233595

献给卡丽和罗布

真正的天堂是已失落的天堂。

——马塞尔·普鲁斯特

我不是我，你不是他或她，他们不是他们。

——伊夫林·沃

目 录

序

幕

一切皆已在这里,我最后出世。

无数小小的问题,如同鸟雀,在她脑中回翔。光秃的树杪,冷霜冻裂的肌肤,又开始翕变。岁暮凛凛,柔嫩的野草被磨砺得粗糙起来。

她在荒芜的花园尽头等待,倚门而立,穿着那件大衣——原先不肯穿的那一件。现在她对这件大衣满意极了,无一处不是美的——纽扣尤其好看。千百餐饭,令牛骨扣稍稍变了颜色。口袋的奥秘。

树林尽头,无人来的地方,她的生命自那里来,在那里结束。

不久后,阑门外的原野上,会长满软碧的野草。

今天也是她的生日。她十岁了,突然便被允许独自去阑门边冒险;她长大了,懂得清晨醒来,躺在床上,聆听雨滴拍打窗玻璃。连她的梦也在长大:波浪般的长发,她和父亲在遥远的国度挖宝藏,尔后急急逃避不断增长的知识风暴,她躲进早晨与遗忘中去。

父亲在树林里寻她。晚饭好了,在锅里,等待他们品尝。

母亲点燃蜡烛,一束火花变魔术般出现在她的眼前。

父亲呼唤着她被给予的名字。

而她的真名,只有悄无声息变幻的光才知道,只有脑袋拱出湿润土壤的虫子才知道;它们皎皎闪烁,晃动脑袋,贸然赞和。父亲拿柴枝轻叩地面,引诱它们爬出来。它们以为下雨了。

父亲骗她说,她是从花园里捡来的——她不是他的女儿,是自然生灵的女儿——她是和早春率先盛开的水仙花一道来的。因为幸运和热忱,他在地上看见她,把她捡起来,就像他发现所有古老的废墟一样。

母亲留着长发。她把头发盘在脑后,像个柔软的窝。她的脖颈散发出黎明的静默和清新。岁月在她的眼角织出线条,她的薄唇轻言中透着柔慈。

早上,父亲说,很快要下雪了。

不过,在她的心里,雪已经落下。她不能阻止它。不久,她向往发生的一切,就会覆盖她心里想着的一切。深夜,她会撩起一角窗帘,偷偷张望,惊讶地看着外面的雪幕。

有时,她在睡梦里哭喊,父亲进来。他握着她的手,摩挲着,待到她的双眼惝涩,眼皮渐渐合上,抛下那些小小的问题,任由它们浮在人生表面,直至清晨。

她知道她自他们而来。

她知道她被高高举起——滚烫号啕的肉球,挥舞着小胳膊。

还有血。

她知道她越来越内向。她知道人们渐渐地彼此相像。

有一回,她看见一棵树,树上长着一样东西。丝绵一般的小肚子,卧在粗糙的树皮上,里面传出抖动声。仙女的丝线织成的白口袋。她醉心地去看这个魔法孩子。她悄声向它诉说,低哼着课堂上学来的曲子。

最微妙的时刻,言语融化为情意。

她不能肯定,但是白色子宫里的孩子真的在成长,有时她吹气温暖它,它会挪动身躯。

她想象,有一天,一张惊奇的脸从里面探出来,细眼瞧她。她要将她闪耀的婴儿从树上剥下来,给它喝牛奶,用火柴盒给它做摇篮,等它长大一些,就叫它睡在她的房间,就像所有孩子一样——会用问题向她坦白一切。她想象它纤小的身躯在她的手心里蠕动。张开的嘴犹如黑色的圆点。

可是,一日晚饭后,她去看树上的孩子,蛹空了。

她不在的时候,梦幻般的皮肤、薄丝的面纱已被撕裂。她等到黄昏,等到乌鸦冲着它们弄不懂的遥远的火光呱呱地叫火光。她的眼睛都红了。她慢慢走过花园,回到屋里。

她原来一直很害怕,不敢告诉任何人,她生下一个娃娃,这下子她又太骄傲,不愿与人分享她的哀痛。

夏日的一天,她靠树躺着,心里空荡荡的———一只蝴蝶停在她裸露的膝头。

它的翅膀拂拂落落——空洞的双眼直勾勾地看着她。她也直勾勾地看回去。自然的胜利天衣无缝。

她听见父亲的声音。

他的嗓音嘹亮分明,穿透湿润的树林。

曾有一段时间,他还没有遇见她的母亲。

在她的生命开始之前。

那是阴影的世界,没有丝毫意味。有呼吸的世界,却没有形状。

无人曾想到会有她。她还未去世,便已死去。

天色暗淡,父亲在呼唤她,她好奇他是怎样找到母亲的。他是否也在黑沉沉的树林中呼唤她的名字? 就像某种失传的吸引法则,那名字在他的体内回荡,连他自己也不知晓?

晚饭时,她要问一问那个发生过的故事。

相爱之前,我们是否相爱?

她知道母亲跌落——不是如闪电自天空默然跌在山巅,而是在一个叫作巴黎的地方跌落。她的相机撞碎了。台阶上斑斑血痕。

父亲走近了。

她想要陷入大地,可是想起她的名字——她悬在这个吊钩上,被提着走在世间。

在冥冥薄暮中走回屋去时,她要趁机问父亲,他是怎样遇见母亲的。

她只知道有人跌落,从那以后,开始有美好的一切。

第一部　希腊情事

一

对于迷失的人,总有一些城市,令他们觉得像是回到了家。

总有一些地方,能够让孤寂的人放逐自己——远远地离开种种熟悉的事物。

自古以来,雅典便是伶仃之人的去处。一座注定永远扮演自己的城市,一座由残暴的道路重重包裹的城市,喧嚣的车流永无休止,竟如同沉默。住在城里的人,便是住在烟尘的云雾中——如同那些张大嘴巴的野狗,布满窄巷小道,磨蹭着不肯离去,被烟雾包围,唯有一阵风起,或者锅盖掀起,热腾腾的香气冲出之时,才会散开一阵子。

直视雅典,便是张望一座神庙的头颅。高高立在城外的一块岩石上,游人挤过塌颓的长廊,曳步挪过零断的柱间,千百年来的好奇,磨损了大理石。

在想象之外,帕特农神庙不过是一垛残砾坏地。这就是这座城市的生命奥秘,备受童年热情的摧残。雅典活在自己也不记得的东西的阴影之下,活在永远无法再企及的东西的阴影下。

有一些人也是如此。他们当中的一些就住在雅典。

星期天的早晨,你可以看见他们提着一袋水果,缓步走过水泥路迷宫,徜徉在思绪中,借生疏的阴影停驻在世间。

在雅典城里，大多数公寓楼都带着阳台。溽暑天气，这座城市合拢千万双眼睛，一如遮篷拉下，将底下的身影淹没在阴影的梦中。

远远望去，建筑的白色石膏与石块闪闪发光，乘大船自海上来的人，只看得见一片耀眼的白色陆地冉冉升起。城市上空刺眼的阳光——掩盖细节，不透露给外人，直待黄昏，城市委顿——蓦地掠起红晕，浓重成紫，笼罩大海，转为黑夜。

这座城里，千万个街区，家家挤在阳台上，赤脚坐在小凳上。孤单的男人点缀着餐馆，弓背耸肩下着双陆棋，盯着手里的烟头——在映红的记忆里，若有所失。在这座城市里，人们彼此间既崇拜又轻视。

世间断魂的人，来雅典不是为了寻找自己，而是来寻找相似的人。

在雅典，你永远不会老去。

时间以完成时而不是将来时被看待。

一切都已发生，并且不能再发生，虽然这种情况仍会出现。

现代雅典嗡嗡地绕着一个真理打转，一个人人相信又无人记得的真理。你若是游人，必须得自个儿慢慢地在肮脏干燥的街巷寻路，一群狗远远跟在你身后，又近得让你胆怯，墙上仍残留着千古战乱的飞弹砸出的豁口。尘雾绵绵，行人熙熙攘攘，拉特纳音乐车传出古怪的乐曲，路人永不停歇地彼此推搡。

博物馆中充斥历史失落的时刻，这些时刻再难拼合，它们在耕犁翻土声中被翻掘出来，自井底拖曳上来，被松乱的渔网循着海底拖拉出来：积藓的头颅，藤壶群附的石刻手臂，腐朽的船桨——在去往某地的大梦中，随着水流摇划。

古物的好处就在于能叫我们安心，我们不是最先要死去的。

不过那些在生命中寻求安心的人，无奈都是游人——眼里看着一切，企图拥有仅能感觉到的一切。美是瑕疵的阴影。

在搬到希腊决心成为画家之前，丽贝卡绕着世界飞行，给那些为她的美丽感到安慰的人捧食物、端饮料。

千万人记得她的衣领，记得她制服的蔚蓝色，记得她海蓝色高跟鞋的圆润边缘，记得她的红头发在脑后紧束的丸髻。

她踩着一字步，总是嫣然带笑，像只裹着蓝棉布的机械天鹅。早晨出门上班前，她在镜前束起头发。她的头发很柔软，总是扎不起来。她把扁平的发夹咬在嘴里，如同一个永远不会说出口的句子，逐个儿插进发间。她的头发是暗红色的，好似永远在羞愧。

对她来说，开口说话是极难的。于是就像许多羞怯的人那样，丽贝卡在镜中找到一副面容、一个声音，带着它们出门去。她如工具一般使用它们，确认先生或女士想喝的是茶而不是咖啡，或者是否再要一只枕头。真实的丽贝卡隐藏在底下，每一次飞行，隐藏在制服下潜上飞机，等待某个时刻被释放出来。

但是这样的时刻不曾到来，她真正的自己，由于疏忽大意，转身背对这个世界，在无人留意的时候溜走了。

工作也给她一些解脱的时刻。她特别留意独自飞行的孩子。休息时，她常坐在他们身旁，握着他们的手，将她们柔软的头发结成辫子，看着线条在纸上生动地呈现出形象。她梦想成为画家——人们爱上她画中的时刻，这些时刻超越她自己的人生。

她的童年与外祖父和孪生姐妹一起度过,等候某人回家来,而这个人却从未来过。尔后陡觉一切来得太晚。她等待的人已变成陌生人,她再也不认得。

初潮时,丽贝卡感觉在失望之外,另有一个世界。她的孪生姐妹也有同样的感觉,无趣索然的午后,她们像一对瓷娃娃,坐在浴缸里互相对视,她们的人生是一个故事中的故事。

她们极少说起缺席的母亲,也从不提起父亲——她们被告知,在她们出世前,他被车撞死了。电视上播放的画面触及母亲时,两个女孩顿时僵住,直待画面隐去。因为即使是极细微的动作,也会被另一个人看作是承认一种两人暗自共有的感觉——一个强加给她们的失败。

后来又出现另一种爱的念头。十六岁,丽贝卡独自躺在床上,揪着被单,体内浮现出奇异的东西,活生生的、有生气的,徐徐向下,扎进她真实自我的杳杳潭潭,几乎探入过往去寻找她。

这么安静的女孩儿,每天走过松软的田野去上学,红头发如飞舞的树叶一般纷乱,若要这样的女孩毫无畏惧地去爱,便是在另一个人中沉溺。起初是呛水,之后脸庞被淹没,太阳旋即变形,光亮的边缘如同瓶口,她就像是掉进了瓶中。然后她的身体浸透了水,温柔的沉重令她四肢乏力,顺流漂荡。

她在法国航空公司的主管是一个离过婚的女人,四十五岁。她的前夫住在布鲁塞尔,是政府职员。她的脸庞瘦薄,仪态优雅,走起路来令她显得更高挑。丽贝卡想象她的母亲原可以成为这样的女人。

丽贝卡第一次去训练,观看录像带,客机乘务员在海上划八角形的橙色救生筏,小脑袋(算是乘客)从塑料窗内朝外张望。她被询问是否有胆量冒险抢救。

为期六周的训练里,她学会了灭火,踢破窗户,解救倒悬在座位上的乘客。她穿着裙子和高跟鞋学会了这一切。

她被教会用迪奥高跟鞋的鞋跟让恐怖分子缴械,用一根扁平发夹搞坏点燃的手榴弹。但是她的丝袜若被扯破,便会响起哨声,她又得从头演练。

训练基地在巴黎郊外无标识的大仓库中。丽贝卡屡屡被提醒,她是多么幸运,被这个行业选中。过了些时日,她只是咬咬嘴唇。她想大多数训练是毫无用处的。

绝大多数空难是致命的,飞机上无一人能够幸免。

她的实际工作(为此接受的训练极少)是供应食物,踩在权威和性感之间的平衡线上。在一九六〇年代,空姐的强制退休年龄是三十五岁,不过她们被期许在这个期限之前,明智地利用这个位置,物色一个丈夫安顿下来。

她把小小的雷诺-科雷奥汽车停在夏尔·戴高乐国际机场旁的员工停车场。车窗清洗器的气味像洗发水,车座是灰色面料的。管理车库的穆斯林男子有一间小办公室,整日坐在里头喝茶,喂流浪猫。

*

两年后,她离开法航,回到外祖父家。外祖父的许多朋友去了巴黎或都尔的养老院,离儿女近些。她的姐妹住在南边,靠近奥赫的地方,与一个男人同居,他年纪比她大,时常打她。

在天上飞的这些年里,远离孪生姐妹,丽贝卡已变成她自己。再不是其中一个,再不必忍受姐妹的怪脾气。一起成长的年岁里,这种脾气发作时,总让她又害怕又反感。

倘若有人问及她有无兄弟姐妹,她不习惯撒谎,便说有个姐妹。但她随即转身,避开不肯多说。毕竟这是她的人生——并且是她仅有的。

丽贝卡发现外祖父的房子仍与她离去时一样:玄关里还是挂着那些画,冰箱里还是装着那些食物,电视上还是响着一样声音,鸟雀在树上筑巢,远远传来拖拉机的引擎声,水冲出水龙头的响声,外祖父在厨房里,一边往茶杯中撕薄荷叶子,一边吹口哨。

早晨或向晚,她画画。她若在花园里,外祖父便从厨房窗户内望着她。有些时候,他端来一杯咖啡,一块玛德莲蛋糕。安静极了。有时,头顶有小飞机飞过。有时,只有风,还有晃荡的晾衣绳上衣夹发出的低语。

丽贝卡上学时的朋友,大多已搬到大一些的镇上,找工作,找乐子。有些进了小城的大学。

丽贝卡偶尔鼓起勇气,走进花园尽头的阴暗棚屋。屋里有一辆轮胎瘪塌的黑色自行车、一些油壶、几架腐朽的窗框、蜘蛛网、一个装满水彩画的茶箱,画上签着丽贝卡母亲的姓名缩写。

她的姐妹也知道这些画。只是从十五岁起,她抛弃了艺术志向,似已心冷。

这些水彩画让丽贝卡觉着跟一个遥远的人很亲近。这些画上画的都是一泓湖水,就在离她家房子不远处。画上湖水静谧,有几幅画上,草深的湖畔,还有两个身影——好似在等待什么去打破湖面的平静。云攒天际,碎细的斑点聊作野花。右下角,总是用红颜料签着两个姓名的缩写字母。

在村屋里度过一年——一年不必飞行,不必打扮漂亮的轻松;一年中攒聚力量、画画、鼓起勇气——丽贝卡决意用剩下的积蓄去雅典。在那里,她谁也不认识。她要带上速写本、颜料和家中数件东西,她觉得这些东西也许能激发灵感。

她会带着渴望,生活在放逐中。她会如同在画布上想象一般地生活,如同片片微弱的星光:可望,却遥远;动人,没有变迁。

二

丽贝卡在城隅拐角安置了下来,未过多久,遇见一个叫作乔治的男子。他恍惚迷离,独自一人。她曾见他在蒙纳斯提拉奇站外的广场上闲逛——广场挨近通往跳蚤市场的窄巷,她爱坐在那里看人。

他总是穿得太隆重,非但不适合这天气,也不太适合他的年纪。

流浪儿趿着廉价的木屐,拉着玩具手风琴,尾随在他身后,拉扯他的夹克衫,在他面前跳跃。这些孩子弄得他很局促,他却从未恼怒过——就像叔叔疼爱一群不曾见过的侄儿。

他好似这样的男人,歪在床上读尽马塞尔·普鲁斯特的著作;他好似这样的男人,屡屡决心早起,却长年睡过头。他这样的男人,总是迟迟醒来,在床上坐起,伸手摸索烟盒。

一日,他无意间坐在了丽贝卡旁边,背靠着大理石矮墙。当地人喜欢坐在这里闭目养神。她静静坐着,不曾开口。他脚穿深棕色皮鞋。流浪儿认出乔治,飞奔而来,木屐声在广场上回荡。

他们怀疑地看着丽贝卡。

"她是你女朋友?"一个小孩用英语说道。

乔治一时发窘。丽贝卡见他嘴角的线条在颤动,好似一对括号,包含了他有意要说却不曾说出口的话。

"她不是我的女朋友。"乔治说道,羞得涨红了脸。

"她很好看。"一个罗姆小女孩说道。

"大概这就是她不是我女朋友的原因。"乔治说道。

众人直直地瞪着他,琢磨着这个原因。有个孩子打起了呵欠。

"乔治先生,有糖果给我们吗?"

乔治从提包中掏出一袋糖果,递给一个孩子。孩子们欢笑着蹦跳而去。

"你特意买来给他们的?"丽贝卡问道。

她与他说话,似乎令他吃了一惊。他说他不能吃甜的,所以他们帮了他的忙。然后他们说了一会儿天气,说了一会儿希腊人,还有这个吸引二人常常来的跳蚤市场。他们交口称赞,星期天最好,各色物什摆在地毯上,任人们信步驻足。

乔治说,一方毯子便是一片遗失之物的海洋。物品之间的关系,只在于过路人愿意如何看待它们。

他是美国人,自南方来。丽贝卡对他说,她读过《乱世佳人》,那是很久以前了,法语版的。乔治说他祖父也在里边,在背景中,是个不显眼的角色——骑着慵懒的马走过。丽贝卡觉得这话非常有趣。他的嗓音徐缓,嘴唇久久咬着词语,不肯吐完音节。

他们接着说了一些话,一段话引出另一段话。几个小时过去了。丽贝卡坦言,以前自己的确也留心到乔治。她觉得他看着亲切。乔治承认自己有些害羞。

"我也怕羞的。"她说道。

过了些时候,乔治腼腆地说,他得走了,骤然立起。他没有按习俗吻她的面颊道别,只是举了举手,遽然离去——又止步顾望,挥了挥手。

数星期后,两人都不记得究竟过了多久,他们在一家餐馆外一眼看见了彼此,一如之前,两人随口交谈。渐渐地,无意间的闲聊变为倾谈,丽贝卡便坐了下来。女侍者移步而来,送上两杯水,以为他们是顾客——为他们拣了最远的餐桌而略有些不悦。

就这样,他们初次一起吃饭纯粹出于偶然。

于是他们开始在蒙纳斯提拉奇站附近偶遇,一起吃晚饭,也喝醉,然后乔治送她回家。有时,他的胳膊揽着她的肩。

初遇两个月之后,两人的情意大抵止于漫无边际的叙谈、吸烟、深夜醉酒,然后慢慢走回家。他总是穿得十分整齐,也招人喜欢,只是也老是喝得醉醺醺的。他们走到她的公寓楼前,丽贝卡总与他站在楼外,她不愿这样久久地站着,在倦怠与困窘之间消磨时间。

一夜,他趋近,吻她的脸颊。

她略低首,似在祈祷。他的嘴唇移近她的嘴唇,她退却了。他猛一惊,身体往后退,好似他的身体主动执行了他的念头。他愣神盯着底下的台阶,盯着公寓墙上攀爬的藤蔓——竭力汲取干燥土壤中的养分。

"对不起,"他说,"我太唐突了。"

"不,不,"她说,"还好。"

丽贝卡在莫斯科失去了童贞,那是在法航员工住宿的宾馆里,离克里姆林宫不远。她二十二岁。

他们在床上喝伏特加,发笑。他穿着白袜。外头极冷。他们在接送员工往返机场与宾馆的车上开始说话。他从荷兰来。事后,他亲吻她的额头,起身去开窗。寒气倾入。他吸着烟,不论她说什么都点头。尔后他们冲澡,穿上衣服。他看着她拿吹风机吹头发。他的妻子也是荷兰人,他们没有孩子。她永远不会爱上他这样的男人,但她允许身体想要他。

乔治挨近时,她的身体不曾有反应。她不曾生起那强烈的吸引力,犹如她在莫斯科与荷兰飞行员之间的感觉。那是在他们之外的东西,他们允许对方获取的某种东西——如同一种特殊的饥饿,只因彼此而生起、而满足。与乔治在一起,丽贝卡不曾感觉到这种强烈的本能,但是他揽在她肩头的胳膊令她安心。况且他的身体柔软。乔治是一片宁静的海,她可以永远漂浮于其上,不必去任何地方。她迟早要告诉他,免得他受伤害。

"你总是打领带?"她问道。

夜幕渐渐笼罩他们四周的城市。

街灯还没有点亮。

人们拎了小袋垃圾走出来,袋口打着结。

他比往常醉得更厉害,站都站不稳。"哦,我只是喜欢,只是这样。"

"其实,这样挺适合你的。"

乔治低头看他的浅橙色领带,捏起领带头。领带上印着拍手图案。

"它们在鼓掌。"他傻笑道,转过身去。丽贝卡暗想他是不是要哭。她试着想象。

那一夜,雅典城安静极了,只听见近邻的阳台上有人在下双陆棋,色子掷出空洞的声响。

某处传来狗吠。

滑板车响,脚步声。

"抱着我,乔治。"

僵硬的胳膊环上她的腰际,轻轻移往她的臀部。他几乎不曾碰到她。

"你别恨我。"她低声道。

"我恨自己。"他说道。

"因为想要我?"

"是的。"

然后他撤回双手,好似解下佩戴在她腰间的东西。他的鞋子在石子上敲出声响,似是整理一番,急于离去,抬脚走路。

"我小时候一直学着独处。"她说道。

"我也是。"

"那你就不能恨我们俩。"她蓦地欣然反诘。

丽贝卡只拿些闲话说着,好驱散眼前的窘境,不然的话,这窘迫必将萦绕到下一次见面。然后她一遍遍亲吻乔治的面颊,直到她的亲吻,好似空洞的词语,仅仅承载着抚慰。

她感觉他的额头滚烫,带着淡淡的咸味。

一辆车驶近,减速。见他们不曾转身,便加速驰去。不管怎样,他们必须得忍耐即将来临的溽暑。

丽贝卡的视线越过乔治,望着睡在车轮下的小猫。

"如果你要开罐头或者搅拌什么,或者借个吹风机,我住得不远。"

"谢谢你,乔治。"

"其实,我没有吹风机,不过我有些绝好的巴赫变奏曲唱片。"

丽贝卡耸耸肩。

何时会想再见他，她不知道。某种程度上，他是她逃避从前生活的好去处：他只知道她是住在雅典的法国画家。她来希腊是为了画画，凑满画作举办一个展览，她希望展览在巴黎举办，要获得巨大的成功。

也许她母亲恰巧走进画廊，全然不知墙上悬挂着她的非正式传记——关于缺席的叙述。

走上糟朽的公寓楼台阶，丽贝卡适时回头，望见乔治抱起那只她已忘记的小猫。他把小猫安置在灌木旁，转身离去。

她蓦地感觉到楼上房间的空洞。她所有的东西安静而沉重，好似溺在水中。在这个城市里，她只认识一个人。

"乔治!"她喊道。他转身看她。她朝他又喊了一声。

"你干吗不进来看看我家?"她说道。

她无力地微笑，抬手示意。他随她走上台阶，到她的公寓里。

她的鞋子在大理石台阶上叩敲。

他们在阳台上喝咖啡。丽贝卡的四肢已经处于半昏睡的状态。乔治伸过手来，为她按摩脖颈肩膀。她闭上双眼，徐徐舒气。

乔治站起身，立在她身后。她感觉他的气息拂在脑后，城市骤然安静，比往常都要安静。

"留下来。"她说道。

按着她肩膀的双手停下。

"今晚?"

夜深了，天越发热了。

乔治的指尖摩挲她的后背。

"这样很舒服。"她说道，街灯的光落在床单上。

他靠近。她感觉他贴紧了她。朦胧间，她转过身，顺应他的热烈。尔后几分钟，她闭上了眼睛。他着意慢慢亲吻她的后背。护窗板虽已敞开，却仍感到很热。

她见他睁大双眼，眼底映照出房内仅有的光芒。他的身体重量唤起她身体的欲望，她张开双腿。继而，浅浅一探，他一声喘息，倒回床上。

几分钟里，他不曾挪动。然后他慢慢拉起床单，盖在她身上，犹如盖起一件许久不会再看的精致物品。他又亲吻了一下她的嘴唇，无言躺下。

她渴极了，却又疲乏得很，不愿挪动。再过几个小时，就是早晨。

三

　　丽贝卡用吸尘器清扫房间时,在外祖父的床底看到一只鞋盒,里面装着一九五七年在戛纳度假的照片。他英俊得令她吃惊。

　　试想她的外祖父也曾雄姿英发,也曾俊俏风流,这委实叫人讶异。很多照片上,他佩戴着黑领结,身穿晚宴西服。一张照片上,他正拉下老保时捷顶篷,嘴里叼着烟。保时捷是哑银色的,挂着瑞士车牌,车轮细巧。

　　每一张照片上,他都正在做事:展船帆、开香槟、换车胎、从后备箱取行李、抚摸狗。

　　有些照片上还有一个女人,她将是他的妻子,丽贝卡的外祖母。丽贝卡的一生载满了失去的人,连父亲的名字都不知道。她母亲写在出生证明上的名字是捏造的,是车祸中丧生的法国演员的名字。

　　她在鞋盒里看到外祖父曾有的快乐。

　　她的外祖母很美,只是眼底也透露出丽贝卡在姐妹眼睛里看见的忧郁。她常戴着丝巾、太阳镜。一张照片上,她走下小飞机舷梯,身后跟着一个男子,戴黑眼镜,手提两只提箱。丽贝卡只从鞋盒中拿走了这张照片。一年后,她写信申请去法航。没有钱或文凭,这是她靠近外祖父母早年生活的捷径。

她思忖谁会发现她的鞋盒。在这个叫作丽涅埃尔-布同的村落，唯一能见到的饶有趣味的男人，都是偶尔从巴黎回来度假的，带着老婆孩子，或者来看望家里的老人，换作平时，这些老人是要叫他们厌烦的。

丽贝卡思量，对外祖父来说，世事何其多变，自从外祖母溺死后，留下他孤身带大女儿，也就是她的母亲。

在他心里，是否觉得后半生是失败的呢？因为要照看孩子，他不能出远门，只得做本地生意，不能去巴黎、都尔、南特接大生意，他向来在这些地方做得极好。尤其是在一场反常的意外中，他也失去了深爱的女人。

丽贝卡觉得，单是这样想想也很残酷。他是否记得一切转变的时刻，犹如光线转暗的时候。早晨，之后是黑沉沉的漫长午后。

她暗忖，他心里究竟还留有多少过去。那个人，是否仍被困在这个行动迟缓、时时叹息、双手颤抖的外祖父体内？

丽贝卡太年轻，不知道伴随年岁而来的景况与情感。一日午后，她给外祖父画了一张速写，题为《一个沉睡的人的安静故事》。她把画给他看，他点点头，轻轻拍拍她的头。然后他去卫生间，关上门。他的皮带扣哐当一声打在地板上。接着是一声长叹。继而报纸发出沙沙的响声。

向晚，他们看电视上的竞赛节目，他跟丽贝卡说，也许她愿意把她的画挂在玄关。

"去棚屋的罐子里拿钉子来，"他说，"多的是，都是一个样子的。"

四

雅典城外,一片片荒野环绕。人们时而游荡其间,寻找值钱的东西,拿到蒙纳斯提拉奇跳蚤市场上售卖。俯身掸去干燥的土,呈现出一块两千年前留下的砖瓦。

大约四百多年后,罗马帝国颓落之际——在欢呼声中,正如婴儿在这片砖地迈出第一步。数百年来,这幢房屋里充满新世界的故事,犹如罐子里溢出蜂蜜,被饥饿的狗舔尽。

那时有更多的树。

那时空气中沉淀着干草味。

鸟雀冬藏夏来。

而今只有焦黄的岩石,还有深夜撂下的沙发和床垫。碎玻璃在阳光下闪烁,唯有一堵颓败的矮墙投下些许阴影。墙头剥落,如同腐烂的牙齿。这堵墙也曾光滑过。建筑师抚摸接缝,吹去手指间的尘土。他的马在墙外,从深口水桶里喝水,发出响亮的声音。

雅典是这样一个世界,绝望交织着陡然闪现的美丽。

正是在这两种争执的情绪之间,丽贝卡找到了做女人的方式。

没过多久,她便爱上了这座城市。

爱上雅典这种能力,如同所有的爱,并不在于这城市,而在于路过的人。

这座城市处处合丽贝卡的意,她的情绪配合周围的事物——她留心的事物:摆香烟摊的拿碎鱼肉喂猫;一阵骤雨;生来畸形的孩子静静坐在教堂台阶上,他们的母亲举起拳头挥向上帝,尔后摊开手掌伸向过路的游人。

丽贝卡感受这座城市实在的一部分,感受这份盲目的虔诚,这座城市也当她是亲生的一般。

她睁开眼睛,乔治已经醒来。他转过身,朝她微笑,说要再为她按摩。

"我得赶紧开始画画,"她说道,"不过我们先喝点咖啡。"

乔治说去买新鲜面包,丽贝卡说路太远。

他颇有些恍惚轻飘。她听见他洗澡时笑出声来。

丽贝卡打开房门,祝愿他一天好运。他又挥挥手,倒退出门。然后她去冲澡,洗了很长时间。

这一日,她喝甘菊茶,画素描。午后,她褪去衣衫,只穿着内衣画画。天极热时,她拧开淋浴器吱吱作响的水龙头,任水流淌几分钟,再站进去。黄色墙壁上有些裂口,水找到这些裂口,旋即便把它们填满——浸在黑暗中风干的裸露在外的水泥。

她慢慢冷静下来。

水珠打破身体表面汗水凝成的薄膜。

她张嘴接一口水。

丽贝卡的外祖母在夏末午后溺死。

丽贝卡的母亲亲眼看着这一切发生。她还很小,跑回家去告诉父亲。撞开后门,小女孩跟不上,一下子发觉自己一个人在树林里。她慢下来。她很害怕。她哭起来,尿了裤子。她的腿被蜇伤了。她到湖边,只看见苍茫的一片寒水。湖对岸,草丛里两个人影,一个在慌张地移动,一个很安静。

那是一九六四年。丽贝卡的母亲未满六岁。

一个警察与他们一起坐在厨房餐桌前。他不时碰碰皮带。他们在喝茶。

他的帽子搁在桌上的红醋栗蛋糕旁。

"你打算怎么处理她的衣服?"年轻警官问道。玄关的挂钟发出响亮的滴答声,好似要来应答。

然后警察抬头示意沙发上抱着玩偶的小女孩。"你打算怎么安置她?"

她父亲看着眼前的空茶杯,不发一言。此后,他几乎不再说话。

警察喝尽杯里的茶,回家去了。

淋浴后,丽贝卡的头发湿漉沉重。黑夜降临雅典城。

暮色中,她的素描有了生命。

城市清凉起来,主干道上车声渐稀。四邻传来汤匙汤锅的碰敲声。有人在摆盘子。藏怒的声音呼喊孩子进屋吃饭。

她想着乔治,他们在一起的一夜。

她试着想象他当时怎么想。男人的爱,犹如一滴色彩,落进清澈之物中。

丽贝卡在法航工作时,有一个老人在座位上死去。

大多数乘客在沉睡。她留意到他,因为他睁着眼睛。她翻看他的护照,他没有结婚。他的手表是金的,沉甸甸的,指针在黑暗中闪亮。地面上有人在等他,以为他活着。

大多数时候,丽贝卡在宾馆里度过。有时她躺在床上,看着摆在椅子上的制服。

那是我。她会想。

那就是我。

五

大概七岁时,乔治的父亲离家出走。

乔治与父亲一样,长着宽大的下颏,令他显得比实际上更健壮。深陷的绿眼睛总在旁人匆匆掠过的地方停留。

在白日梦的天堂里,乔治爱想象自己是约翰·塞巴斯蒂安·巴赫转世,与乔治一样,他一生也不曾受到赏识,尤其是家人的赏识。

乔治喜欢整夜坐在时尚的柯洛纳基的咖啡馆,读国际报纸。他啜着粗糙的希腊咖啡,拿着刀叉吃巴克拉瓦坚果仁酥饼。无人留意时,往咖啡里掺酒。

他这酗酒的痼疾自十四岁开始,喝酒令他萌发兴致,在新罕布什尔州朴次茅斯镇徜徉,他在这个镇上念寄宿学校。小镇荒落惨淡,雾气弥漫码头房屋的窗棂,教堂的白色尖顶矗立在天际。

喝酒给乔治一些安宁的快乐,让他有了一件值得期待的事,使他只专注于眼前,遐想清醒时绝不会生出的念头。喝醉时,过去成为远方云雾中的一座遗迹——他可以置之不理。

乔治念的是著名的埃克斯茅斯学院,地板总是光可照人。学院里有很多与他一样的男孩。他们相处得很融洽,分享家里寄来的东西,相互借枕头、电话卡,熄灯后彻夜倾谈。

星期天,你能看见所有男生排成长队,从学校操场出发,爬上山坡去教堂,黑色短斗篷令他们看上去像幽灵。夏天里,他们穿系扣领白衬衫,橙色条纹领带,棕色镶白滚边小西装,棕色短裤,棕色短袜。建议搭配栗色牛津鞋,但不是非穿不可。

　　晚上,他们可以在大厅里随意看电视,限量吃些糖果。

　　每个星期天,每个男孩必须往家里写信。这里是一封乔治写给母亲的信。

Georges Cavendish
Eastworth Academy
Portsmouth,
New Hampshire
03801

亲爱的卡文迪什太太：

你好吗？今天艾力斯给我一盒霹雳舞磁带。我现在会做摸镜动作啦，下回要学会毛毛虫翻滚。你去看七月四日的烟花了吗？我们没有。我需要一支新钢笔。你寄来的指甲剪很好用。要是你寄钢笔来，能不能这个星期就寄来？要是不能的话，也不用放在心上。

巴特曼太太管我叫南方来的绅士，因为我的口音是肯塔基的。宿舍里有只臭虫，大伙儿都被咬了，就我没有。现在臭虫走了，我还是没被咬到。

我们有了个新击剑队。

不过我没有参加。

我们在午餐时拿棍子比划。

眼下我的腿包着绷带，因为去教堂的路上，我滑了一跤。

爱你

乔治

又及：波特宿舍楼有耗子！

我能回家过期中假吗？

年纪大些后,对于学校严格的生活章程,乔治渐渐失去了热忱。其他男孩变成自个儿的机械人。有个男孩从屋顶上跳下来。校长说他在送往医院的途中死去。

很多男孩在少年时代就耗尽了他们本该分享最初快乐的甜蜜,乔治却未能硬起心肠,坚定这个其他少年人共有的念头——人生叫人失望,因为:

一、人们被虚荣心所驱逐;

二、你还没来得及弄明白,人生就完了,因此人生大概是没有意义的。

乔治反倒越发糊涂起来,变得情绪化又伤感。他的高年级老师瞧着他时,总露出不可救药的神情,甚至数次指示宿舍工作人员没收他的酒瓶,不必写书面报告。他呕吐后,低年级的男孩能在楼道里闻到味,早餐时高声议论。管理员最后只得叫乔治喝酒前或喝酒时不要吃东西——至少不至于弄出这样的恶臭。

乔治借以逃避孤独的另一种方式是音乐。他尤其偏爱 J. S. 巴赫。他的音乐是形式下的深情——拘于结构的爱。乔治无休止地听音乐。他从不曾失望,里头有那么多可听的。乔治常夸耀,巴赫一生写下那么多音乐,倘若雇人全职抄写所有作品,需要六十三年工夫,也只不过是将乐谱抄一遍罢了。

巴赫也抚养孩子,这更让乔治有理由喜欢他。跟乔治的父亲不同,约翰·塞巴斯蒂安·巴赫不曾抛下儿子离家出走——虽然只能供孩子们一日两餐和一张干草床。

十五岁时,别的男孩交换从图书馆的图书上撕下来的女孩照片,或在果园吸烟,乔治痴迷于语言和古典史。老师们对他又有了信心,这陡然而起的慈爱,某种程度上令乔治永远保持着天生的甜蜜。

快十六岁生日时(他的母亲忘记了),乔治每个星期天逐段将拉丁文译为现代英语。他也爱古老的希腊神话和神祇。他喜欢想象所有这些角色在舞台上跳舞,十八世纪巴赫的管风琴在一旁伴奏。他还试图用纸板箱搭建舞台,却把手指黏在了一起,只得放弃这个计划,这一天他与女舍监一起度过,她曾当过兵,不喜欢古典音乐。

乔治迷恋希腊的神祇,是因为再无人信他们。

舍监问他平常喜欢玩什么,他滔滔不绝地讲起语言。他跟她说,语言的出现和存在,来自它不能企及的东西,来自它只能指点的东西,因为语言的声音就是欲望的化身。并且语言虽尽了万分努力,却还是注定要失败。她点点头,问他喝过酒没有。

"我不跟你撒谎,舍监,"他说道,"喝过。"

她含威摇头。"嗯,可别让舍长知道了,不然,我可不止是给你包手指头了。"

乔治深爱语言的方方面面。他爱见它写下来的样子,爱它从旁人口中发出的声音,爱它在自己嘴里形成声音之际的感觉。真实的人生中不能感觉到的东西,能够在语言中感觉——借由另一人的经验,借着纸上放置的记号。这是不可思议的,却也行得通。

"我们找到一种记载的方法……"

在一份学期作业里,乔治这样开头。

"……并且过去五千年间,始终有一条线索,将人类贯穿在一起,于是我们得以知晓一个人内心深处的感受,而不必认识这个人……"

乔治自诩为某种专家,喜欢分析母亲往学院写来的寥寥数封信。必须要格外细致地研究,因为这些信里(乔治叫自己确信)掩藏着爱。

乔治的父母如同一套七巧板,缺少他最想要的那几块。

乔治时常逃掉下午的课。有块墓地能够远眺大海,他爱去那里坐着。寄宿学校坐落在城郊山上,山坡下的原野尽头是苹果园。果园那一端,高年级男生在那里找当地的女孩,与她们相好,墙外是墓地,墓地外是朴次茅斯镇。更远处是陌生的山谷原野。

乔治喜欢奔过果园,朝墙那头跑去。早秋时节,日光穿林,金灿灿的。翻过墙,穿越原野,就到了墓地。

纵使是呵出白气的寒冷天,红日仍温暖着墓巅,好似为沉默的居民施涂油礼。平躺的墓碑最古老,小孩的墓碑最适宜坐下。乔治喜欢坐在上面吸烟。他不时与底下的小孩聊天,说些这样的话:"嗯,你要是来我的学校,我建议你选考黛小姐的法语课……"

在一块墓碑上坐得越久,乔治就越觉得跟底下的孩子亲近。他在墓地里"最要好的"朋友死于一七八二年。他的墓碑上写着:

一七七八——一七八二

这里躺着我们的儿子,

汤姆·科普松,

死于四岁,

八个月,两周,

三天,十四个小时。

与他同度的每一个时刻

是我们在地上的天国。

　　乔治暗忖，某天，会不会有人数算他生命的分钟。

　　有时，他从食堂偷来一小盒巧克力奶，倒一些在地下给汤姆。

　　有些平躺的墓碑因风化而裂开。有些因年深而碑文磨灭。有一块空白的墓碑，乔治想象这是他的。

　　夏天，他一动不动地躺在干燥的草丛里。阳光落在脸上，犹如恋人滚烫的脸颊。他闭上眼睛，眼底是明晃晃的红光。

　　他思忖父亲在做什么，为自己七岁时父亲的离家出走而责备自己。他觉得因缺陷而与母亲束缚在一起。他们以一种他不懂的方式分开了。

　　乔治曾想，当父亲死了，他在海外的秘密生活只是掩饰死因，自己定是这其中的肇祸者，却不记得究竟。而实情大概是没有他们，父亲可能过得更快活，倘若他在沙特阿拉伯开石油公司，又生了儿子，他可能比乔治更聪明、更英俊、更高大。关于他父亲的真相，得等几年后他再现身时才能知晓。

　　乔治很久以前便决定要来雅典。他觉得在自己翻译的文字间，已深深懂得这座城市。

　　将从埃克斯茅斯学院毕业时，乔治在给母亲的信中说，他打算用两年时间拿下大学文凭，之后去雅典，投身考古语言学这项终身事业。乔治论述道，考古学家通过考古发掘帮助现代文明进步。他引例举证：譬如以色列荒凉的内盖夫沙漠——考古学家重新发现两千前纳巴泰古人曾通过沟渠和蓄水池系统利用骤雨灌溉庄稼。人们重新学习运用这项技术,这片沙漠死而复生,而现代居民曾以为这里种不出任何东西。

更神奇的是,乔治在另一封信中写道,在秘鲁和玻利维亚的湖区——海拔四千米之上,几经努力,终究不能收获农作物,而考古学家重新发现古人有一项技术,能成功地在二十万英亩土地上种植作物。

在母亲的数封回信中,从不曾提起他的历史故事。她会告诉他,她早餐吃了什么,天气如何毁了她的计划,房子的状况,如何地缺钱,还有她讨厌过生日。她有一次说要动个小手术,三个月不能写字,不用记挂她。

自埃克斯茅斯学院毕业之后,来雅典之前,乔治进了一所小文理学院,离学院不远。他住的宿舍楼叫作狐狸洞。他有一张床、一张书桌、一把椅子、一盏台灯、一个小书架。书架上堆着的书摇摇欲坠。

他有一个室友,来自缅因州近旁的小岛,叫作乔舒亚。他戴着闪亮的牙箍,骑一九五〇年代的自行车。

星期六晚上,纯粹为了排遣,乔治抄写全本希腊文《伊利亚特》和《奥德赛》。第一节英语课后,乔治将装有翻译稿的文件夹递给老师。老师年纪很大。他打开文件夹,一时有些迷惑,然后说道:"拿撒勒的耶稣。"

大学第一年,他曾两夜不寐,不戴耳机,反复听巴赫的变奏曲。

一星期后,乔治回到宿舍,见室友的橱柜空了,床上剥得仅剩光床垫。乔治的枕上搁着一张纸条,写道:

亲爱的乔治:

我搬走了！不过就在这个楼道，隔几间就是，如果你什么时候需要朋友……

乔舒亚·B

乔治包起巴赫《法国组曲》唱片，扎上丝带。他打开一瓶杜松子酒，对着瓶子痛饮了几口，再往玻璃杯里倒，掺进奎宁水。

他拿出一叠纸、一支钢笔。

他瞧瞧酒，望向窗外，校园里满是这样随风轻晃的大树。然后乔治拿着小包走下楼道，搁在乔舒亚新宿舍的门外，随附的纸条写道：

约翰·塞巴斯蒂安·巴赫九岁时，抄写了一整个图书馆的乐谱。他偷偷潜出卧室下楼去，悄悄转开提起挂钩的金属环，在明亮的月光下飞快抄写。定义我们的，正是那些令我们不能自持的激情。

G.

与丽贝卡做爱那晚的数夜后，乔治在公寓旁一家咖啡馆里重温那夜的情景。他试图回忆每一个细节，她说的话，他们吃的晚饭。他想要一张她的照片，或者一束头发，某种实在的证物，好让他想起那一晚——能够实实在在拿在手里，证明他终于做到了，终于坠入爱河。

六

次日是星期天。丽贝卡醒来,冲了个澡,然后收拾画室。归整东西后,她想出去走走,决定到蒙纳斯提拉奇跳蚤市场的小巷去。她拣了一条简单的白裤子,绝对不能是紧身的,省得引起蒙纳斯提拉奇市场上头发稀疏的摊贩青睐。她已到这样的年纪,不想再去吸引自己并无兴趣的男人。

跳蚤市场吸引各色人等。收入低微的人来寻些可转卖谋些薄利的东西,波希米亚们(通常是外国人)痴迷于零乱的物件,或者各类文化流散物,诸如前苏联军用望远镜(镜片上印着镰刀斧头三维标志)。另有犯罪分子,雅典城无一处公众场合不见他们的身影,他们似乎只热衷于观望人群,像是为自己的邪恶幻想挑选一副不寻常的脸庞作为对象。

在丽贝卡眼里,跳蚤市场上最重要的角色是那个推音乐车的老人,这个衰迈的风琴手,推着一辆一八五〇年代的音乐箱。他推动车子从一个角落转到另一个角落,停下来,边摇边唱。他的嗓音苍老干裂,恍如机器中的老唱片。在丽贝卡看来,他像从别的时代来的神话人物。她虽听不懂他的唱词,却觉得他分外动人。

雅典的地铁闷热得危险。老妪卷起报纸扇风。座椅是木质的,乘客隔着桌子面对面坐着,好似等候永远不会来的餐饭。

她吃了两只羊角面包作早餐,坐在阳台的日光下晒太阳。她赤着脚,从碗里喝冰镇羊奶,望着汽车绕过一条死狗。

她爬上地铁台阶,走到地面,经过两个少年,满身污秽,在注射海洛因。蒙纳斯提拉奇广场上人头攒动——大多数是游客,挤满布拉卡区。也有大批扒手,尾随与旅行团走散的美国和德国游客。

蒙纳斯提拉奇周匝的巷子昏暗、溽热。摊贩在街角无论哪个地方都设法挂上商品。小巷引向台阶,台阶上摆着法式餐具、瓷娃娃、全家福、一只银色车前灯——从一九三七年停在卫城脚下的劳斯莱斯银魅车头上悄然摘下。也有别的东西,带着更阴暗的历史。有个摊贩卖一摞纳粹士兵头盔,头盔侧面用歌德体印着 SS 字样,还有纳粹餐具、装在茶缸里的子弹、小刀、手铐、生锈闭合的老鼠夹。

你还能买到一九三〇年代的医疗器具、法国南部宾馆的纸牌、医用口罩、威尼斯面具、镌着姓名缩写花押字母的黄油刀。

她的视线游离在地毯上成山的旧货杂物上,一些摊主是逃难来的妇人,裹着头巾。人人都是浑身潮津津的。一些角落里,煤气炉上烤着筋肉。

人群中,她忽见一张醒目的面庞。一个男人,黑头发、黑眼睛,不曾刮脸。丽贝卡极目张看,隐约觉得似曾见过。

她透不过气来,便蹲下在人群里寻些空隙,好仔细看他。一个女人用俄语冲她大嚷,当她是小偷。丽贝卡站起来,快步走开。

一小时后,丽贝卡漫不经心地浏览售卖的物品,心里仍为方才的事懊恼,忽然瞧见一册不寻常的书,平装封面。

她不觉俯身,探手从一堆破烂布头下将书抽出来,却有另一只手抓着书脊。丽贝卡没有松手,抬眼看去,看见抓着书的男人的脸庞。正是她外祖父曾有过的凛然帅气。那双黑眼睛直直地看着她。他露出微笑,却没松手。

她松开手,站起身。这男人瞪眼看她,抓着书。

"是我先看见的。"丽贝卡冲动地说。

"你怎么知道我还没付钱?"这男人平静地答道。

丽贝卡看向卖书的逃难女人,只见她正忙着朝身后在墙根撒尿的小男孩挥拳头。

他翻开书,她在旁边看着。科莱特的初版书,书页不曾裁开。只是后半部分是空白的。他将书递给她。

"看来他们忘了印后半部分。"她说道。

逃难女人要价几个便士。这男人给了她十英镑。

"炫耀。"丽贝卡说道。

"因缘。"他说,然后未曾商量,二人便一同走出蒙纳斯提拉奇广场,往雅典古市集走去,穿过窄巷中的人群,二人的手无意间碰到。

他停步介绍自己叫亨利,丽贝卡说了自己的名字,他一遍遍重复,好似品尝一种新滋味。

"这些街道便是柏拉图走过的。"跟丽贝卡简单介绍过自己是研究人类遗骸的考古学家之后,亨利这样说道。

"柏拉图在苏格拉底之后、亚里士多德之前?"她问。

"他们都有一把大胡子。"

"大胡子?"她笑道。

"就像圣诞老人,或者你们法国人叫诺艾尔老爹。"

"他说了些什么?"丽贝卡问道。

"嗯,我想想,不是'嗨——嗨——嗨'吗?"

她笑起来:"我是说苏格拉底写些什么?"

"我可不知道。"亨利说道。

"你知道的。"她说道。

"好吧,他没写,他只说说。"

"跟我们一样。"她说道。

雅典古市集的入口,瘦筋巴骨的狗扎堆趴着。苍蝇在它们头上打转。

"这里是古市集,"亨利说道,"芝诺在这里写出一些句子。"

"这样啊。"丽贝卡应道。她分毫不知芝诺是谁,想象他是一个戴面具的男子,身穿防水裤,腰佩长剑。亨利猛地停下脚步,对着灌木下蔫头耷脑的狗朗诵。

"若能脱拔世俗欲望,每个人都有十足的自由。"

那条狗坐起,喘着粗气。

丽贝卡绽出轻笑:"它想喝水呢。"

老城在眼前铺展,如一块块半颓的大理石。

每座山丘都围着栏索。小径黄埃散漫,石碑间草莽零落,埋没基石。游客往复游走,拿不准是继续这样兜转,还是回宾馆去躺下。

恋人点缀橄榄树荫下的石凳,眼里尽是彼此,看不见周围的废墟。

尔后，丽贝卡做出极违背性情的事。

亨利挽起她的手，领她穿过古市集，她非但任由他挽着，还拉紧了他的手。他确实俊美，但是在她眼里，不只是这相貌，就好似每一时刻、每一词语、每一举止，都让她心动神摇，就好似被施了咒，眼前这个人，毫无缘由或条件地让她被难以想象的快活填满。

亨利为她解说四处涌溢的每一堆瓦砾的意义，又简单地讲了些他的工作、亲手挖掘的各种骸骨。

他们在雅典娜节日大道上信步——雅典古时的大街。

亨利说起那些雕像，就像说起自己的家人。

丽贝卡看着这些废墟，觉得像被巨人嚼碎的。亨利说，绝大多数原建筑早已被毁，狂热的基督徒、战争，还有最管用的毁坏手段——忽视。

他们在唯一阴凉的地方坐下——阿特洛司柱廊，这是一座大理石长廊，有顶覆盖。丽贝卡脱下凉鞋，把脚搁在清凉的石地上。他们身旁的台壁上有一小块残片，这整座建筑便是按照这些残片重构的。还有几级原有的台阶，千年来的脚步，来来去去，留下深深的印痕。他们只看得见身后走过的人投下的影子。亨利解释说这些雕像如何被判定不值得在大博物馆里展览，却又有趣地不能私人买卖。

丽贝卡想着，这倒赋予了它们一种真实的美感。可她没有说出口。她细细打量奥德修斯美轮美奂的躯干，又端详阿喀琉斯。不过她决意说些什么。毕竟她是住在雅典的画家，再不是法国小村落里被母亲抛弃的可怜女孩。

"我很喜欢这些。"她说道，指指眼前的雕像。

"为什么?"亨利似觉有趣。

"因为它们不完美。"

"这使它们特别?"

"这使它们更真实。"

亨利定睛望着它们。

"我喜欢你的话,"他说道,"我从没这么想过。"

丽贝卡不懂古典艺术。她受的教育就是坐在灰败的教室里,窗户斜开,务实的中年教师照本宣科。朝远处望去,风吹过层层泛棕的原野,她要走漫长的路去上学,裤袜总是刺痒,肚子里热腾腾地装着早餐,一辆拖拉机缓缓穿过原野,驱起一只只鸟雀。

丽贝卡挪一挪双脚,觉得快要麻了。

亨利在说话,不过在她心里,只看见年迈的老师伸手在黑板上写字。

很快就可以回家了。

满鼻子都是外祖父的炖汤味儿。

无聊的星期二下午。

丽贝卡不知道传说中的法国。这是现代少年被默然排拒在外的。她从来没去过巴黎,没去过博物馆。她虽想要做艺术家,却生怕在那里撞见母亲,会吓着母亲,或者更糟糕,母亲不认得她。不过,她见过埃菲尔铁塔,在新年夜的电视节目上。

他们面前的雅典古市集博物馆是一座长长的黄色走廊,安放着玻璃柜,女保安很不乐意见到访客。

亨利领丽贝卡来到一个柜子前,里面乍看是空的。

柜内装有一只浅口箱,箱内几抔干土,土堆上错落摆着一些骸骨。亨利指点着突兀的下颏、精巧的髀骨、仍留存的数颗牙齿。

"这是一个小女孩的墓,"他说,"她死的时候,大概快满三岁了。看见那些镯子了吗?"

丽贝卡点头。

"嗯,她是戴着这些镯子下葬的,所以现在也摆在她原本躺在棺材里时的位置。"

"她是什么时候死的?"

"大约三千年前。"

丽贝卡看着女孩的骸骨,看了很久。人们绕过她身后走开。

"我怎么觉得好伤心?"她对亨利说,"就算她活着,到现在也已经死了。"

亨利点点头,却没有走开,直待她移步。

他们徐步走过一些展柜,里面存放着石头小像、陶罐、碗钵、小孩用的盥洗台、首饰。他们在一只展柜前止步,里面是一组小陶盖,每只盖上皆有文字。

"这些是投票陶片,"亨利说道,"上面刻的是人们想要放逐的人的名字。"

"为什么?"

"我也不知道,也许他们是混蛋。"

亨利念出这些混蛋的名字:

奥诺马斯托斯

伯里克利斯

阿里斯提德

卡里阿斯

卡利色诺斯

希帕科斯

地米斯托克利

布塔利昂

"要是有足够多的人在陶片上写下同一人的名字,这个人就得离开城邦,十年内不得归返。"亨利说道。

"我想知道他们后来怎么样了。"丽贝卡若有所思地说道。

"跟任何被放逐的人一样——终于自由了。"

"这话妙极了。"丽贝卡说。

"真的?"

"真的,因为我们就是。"

亨利笑道:"我们被放逐?"

丽贝卡点头:"我们免于命运的责任。"

亨利微笑:"这想法真不错。"

他们走过一个陈列枯井里发现的东西的橱柜。有几盏油灯——亨利说可能是夜里端了油灯来打水,搁在井沿,放下、提起水桶时灯掉到了井里。还有些碗钵、杯盘残片,大概是住在附近的妇人端来接水用的。还有一只孩儿形状的小花瓶,在当时想必相当金贵。丽贝卡说她最喜欢这一件。

"因为,"她解释道,"因为我们永远不会知道,人们为什么丢弃贵重的东西。"

"确实是,不是吗?"亨利轻声应道,又想了想,"我们到别处去,细细想想这事。"

他们在外面找到一方大理石长凳。亨利打开随身带来的灰扑扑的皮革提包。装着一瓶水、一册薄薄的书、几块拾来的颇有意趣的岩石。

他拧开瓶盖,先递给她。丽贝卡却趁势从包中抽出一个笔记本,随手翻开,读了一行字:

"为何不是无物存在?"

"是不是你读过的最有趣的?"亨利问道。

丽贝卡启齿一笑。"是的——你写的?"

"不是,"亨利说道,"抄的,不过,先拿着这个。"他说着,把水递给她。

她张口喝水,几滴水顺着嘴角滚落到胸前,在她皮肤上、汗水和尘土间留下印痕。

她见亨利看着,两人对视一眼,彼此会心。

他们四周的古市集上,太阳开始落下,蒙纳斯提拉奇的窄巷里挤满嚣然觅食的人。

七

亨利的公寓处在劳工阶层的街区,紧挨地下铁轨道。他的家具虽少,成堆的书籍却令屋子显得暖和,有些家的适意。亨利和丽贝卡坐在阳台上,望着底下的喷泉。有些夫妇坐在喷泉池沿——俯身伸手探向水中。一些暗色落叶沉在水底,奔腾而来的水注将叶子按在水底,不容它们往上浮。孩子们格外小心地爬进凉爽的水中。亨利和丽贝卡看着发笑。阳台上猛地传出一声咆哮,孩子们跑散了,犹如玻璃弹珠骨碌碌地滚去。

面前摇晃的桌上摆着两尾鱼,亨利抹上蒜末和柠檬烘烤的。

一个邻居将这两尾鱼搁在亨利门外的箱里,字条上指示亨利该如何清洗、烹饪。亨利还将菲达羊酪切作薄片,夹上新鲜的薄荷与罗勒叶子。

"像这样,蘸油吃。"他说。

他又开了瓶希腊葡萄酒,将酒瓶夹在膝间拔盖子。他跟丽贝卡说起来雅典的缘故。

与她一样,他也生长在小村屋,不过是在威尔士的山脚下。

"每天都像露营,"他说道,"屋里闻着像潮湿的仓库,我跟一打野兽同床睡。"

"一打?"

"至少。"

"你会说法语吗?"

"一点点。"

"你很喜欢你的工作。"她说道。

"对极了——你怎么知道?"

"在古市集上走的时候,你提起骨头。"

"哦。"

亨利对着眼前盘中的鱼骨,讲起骨头如何生长、变化,讲起工作中那些复杂的术语。

丽贝卡说,艺术家断不能画出没有亲眼见过的人,哪怕只见一次也好。

亨利听了,喜得抱臂称赏。

"只有米开朗基罗能起死回生,"她接着说,"我听过一个故事,一尊罗马雕像在一千五百年后被发现。这尊雕像完好无损,只是缺了一条手臂。米开朗基罗被派去安接手臂。关于这条手臂与躯干的角度起了各种争论,米开朗基罗坚持认为他的手臂在解剖学上是准确的—— 就是说,他的手臂是缺失的那只手臂的准确摹本。几百年后,一个农夫在罗马城外的郊野上发现一块沉重的大理石,那正是雕像缺失的手臂。"

"接下来呢?"亨利惊叹道,掸一掸烟灰。

"跟米开朗基罗雕塑的手臂一样的形状与尺寸。"

"好故事。"

"不知道我能不能靠画画谋生,"丽贝卡说道,"不过,我要是刻苦些,兴许能画到一定的程度——兴许能好到去巴黎展览。"

048

"那可太好了，"亨利说道，"而且令人羡慕。"

"羡慕?"

"当然啦，"亨利解释道，"大多数人可没有这样的激情。你要是对一件事有这样的激情，就显得特别。"

丽贝卡问他把人的骸骨从土里挖出来，是否有些感同身受的感觉。

"没有，不过我猜想也该是的。我是他们重拂人间的最后接触。"

"听着好像你想说'希望'，他们重拂人间的'希望'。"

亨利略微想了想："但是，我是科学家，我绝不会这么说的。人死是有原因的，并且通常是很直接简单的原因——不值得为这些感慨。"

说完，他朝阳台外望去。有个男人在喷泉旁为狗梳毛。狗直挺挺站立着，舌头挂在嘴外。

"那些人类遗骸呢?"丽贝卡说。

亨利朝她微笑。

"我想知道我的尸骨会有什么遭遇，"她笑道，"真好奇我的人生会留下什么——谁会发现我的尸骨。"

亨利点点头。

"会有人记得我的感受吗?"她说道，叉起鱼椎骨下最后些许鱼肉。

亨利收去盘子。

"我一会儿就回来。"

亨利走进明亮的厨房里去，丽贝卡独自坐在阳台上。日色将暝，喷泉前聚集了不少人。有三个老人脱去鞋子，点燃香烟。烟雾在他们头顶盘绕，丝丝缕缕地抹开，直飘到丽贝卡眼前，变成有东西在火上燃烧的淡淡烟味。

"你回威尔士去吗?"丽贝卡朝厨房喊道。

"不,"亨利回喊道,"再喝点酒吗?"

"要的,要的,当然啦,"她喊道,"我毕竟是法国女生嘛。"

亨利又拿来一瓶酒、一盒希腊烟。

"你到底为什么来雅典?"她问道。

"从技术上说,我是考古学家——所以我需要去古老的地方。"

"可是到处都有死人。"

"但他们必须是在很久以前死的。"亨利说道,在桌下抓住她的手,这是那一天里的第二次。"要是他们在书写文字发明之前死的,在我看来,就更有意思了。人们被安葬的方式告诉我们很多东西,比如他们活着时将什么东西看得很重。"

"你生长的地方离巴黎近吗?"他满满倒上一杯酒。丽贝卡摇摇头。

"我记得有人说过,巴黎是古老城市中最现代的,纽约是现代城市中最古老的。"亨利说道。

"是谁说的?"

"忘了——你一直是画家?"

她碰一碰胸脯:"在这里,一直是。不过我在法航做了几年。"

"法国航空?"

"做空姐。"

"所以你的英语这么好!"

她点头:"我还会说意大利语、荷兰语,只是不会说希腊语。"

"天哪!"亨利色迷迷地呻吟道,"男人都爱空姐。"

丽贝卡抬起眉头,略显嫌恶的责备。

“我喜欢那些小帽子。你戴了好看吗？”

“我想是吧。”

“你碰见过麻烦的乘客吗？”

“从来没有。”她笑道。

“那就是说，他们都——再跟我说说，我确实想知道，真的真的很感兴趣！”

丽贝卡拂去散在脸上的几缕火红发丝，喝了一口酒，方开口说道：“看着那些人那样坐在那里，与我一起坐在天空中——有人在睡，有人在阅读，不过大多数人盯着电视，真的很怪异。”

“真的？”

“我想把他们画下来，而不是给他们端一盘温热的意大利面。”

“飞行员真的勾引空姐？”

“没有的事，”她说道，伸手拿酒杯，“我想不是真的。”

“你还带着制服吗？”

“是的。”

“真的？”

“你想要我去拿来，穿上给你看？”

“哦，天哪，你当真？”他说道，起身走进玄关，拿来干净的烟灰缸，一条毯子。

“怕你觉得凉。”他说道。

他们又说了一个钟头，语句停顿时，彼此热切对视。亨利将瓶里的酒尽数倾入丽贝卡的杯中，收拾起桌上的东西，端进屋去。丽贝卡跟进屋，手里夹着烟。

亨利把盘碗堆在盥洗池中,打开水龙头。丽贝卡在餐桌旁坐下看着。暗沉的木质桌上,搁着一只装盐的赤陶碗和一碗柠檬。灯光很亮。

"留着明天再洗。"他说道,看着眼前一堆脏碗和餐具。

他打开冰柜,拿出一托盘巴克拉瓦酥饼,取出一柄大刀切成三角形。塑料刀柄被滚烫的锅边熔得没了形状。

亨利往酥饼上浇一大勺奶油,搁上叉子,递给丽贝卡。

"我不想吃。"她说。

亨利端着盘子,顿了顿,半晌才搁在自己面前。

"那我们一起吃我这一块。"

他们不作声,嚼着甜腻的酥饼。丽贝卡的视线落在奶油上,问道:"你姓什么?"

"布利斯。"

"说玩笑话呢?"她说道,"布利斯? 幸福这个词?"

他满嘴嚼着酥饼,点了点头。

"亨利·布利斯,"她笑道,"确实是指幸福,是吧?"

"单纯、任性的幸福。"亨利边咽边说。

"亨利·布利斯,"她说道,"挺好听的,亨利·布利斯,亨利·布利斯,亨利·布利斯,亨利·布利斯。"

亨利停下咀嚼。

"你姓什么?"他问道。

"巴普蒂斯特。"

"洗礼? 耶稣!"

两人一同笑起来,却不知为何而笑。

稍后,丽贝卡说灯光太亮。亨利点起蜡烛,关了灯。他们的面庞在黑暗中闪耀。亨利点燃一支烟,递给丽贝卡。

"真不敢相信,我跟蒙纳斯提拉奇市场上搭讪来的男人一起吃晚饭。"她说道。

"你没搭讪我——我跟那本书一起来的。咦,书呢?"他问道,然后,她还没有开口,便想起来。

"落在博物馆门厅里了,"她说道,"要不要明天回去找?"

"明天我得离开。"

"多久?"

"八天。"

"我要想你吗?"丽贝卡娇媚地说道。

亨利微笑道:"当然,一定要——只是去剑桥听几天讲座,关于碳含量年代测定法的,我老板说我该去听听。"

"你会给我寄明信片吗?"

"会的——不要这么难过。小别情更浓,有这说法不是?"

"那要等着瞧了。"丽贝卡说道。

亨利搁下酒杯,双手拢在烛火上。

两人凝视着烛火。

"*爱你*,"他说道,"我的爱。"

丽贝卡拿起杯子,轻晃杯中的酒,好像那是小小的大洋,由她的沉默辖治着。

"那只是一个词语,"他说道,"我想我喝醉了。"

"对不起,"她说着,把香烟递给他,"我忘了我们分享这支烟的。我觉得该告诉你,我大概算有个男朋友。"

亨利从烛火前退缩。

"该死的,"他说道,然后抬眼看她,"很认真的?"

"其实,他压根儿算不上是我的男朋友,因为我再也不想见他,"她答道,伸手抽出一支烟,"兴许我也有些醉了。"

然后,带着空泛的冷静,亨利说道:"可别伤害他。"

"什么意思?"

"他八成是爱你的。"

丽贝卡叹息道:"是的,我想是的。"

"那么,可别伤害他。"

"你干吗说这些?"

"因为换作我是你的男朋友,我也会想要认真的。"

"他不是我的男朋友——我不知道我为什么这样说。不管怎样,怎样叫作认真?"

"一年后再来问我,"亨利说道,"那时我会有答案的。"

凉风拨开百叶窗吹进来。

亨利站起来,俯过桌子亲吻她。她也随之站起身,他原先别扭的拥抱,旋即便舒服了。他们走过玄关,朝他的卧室去,不时亲吻,碰撞家具。丽贝卡赤脚感觉地板异常凉爽。他的卧室幽暗。他温柔地抚摩她,急切且细致地褪去她的衣衫。

她任由衣衫滑到地上,抬腿站到衣衫外。亨利双手够及她的大腿,好似在安静地哀求。她捏捏他的双手,果断地将他引向她的身体最想感觉他的部位,即便原有些犹豫,也已在酒精里消散。

她感觉他的身体重量变换，便睁开眼。他的身体坚硬沉重。下午在市集时萌动的感觉，此时翻江倒海。重渊深处，似有物掣曳她去某个地方，她在那里一时失去自己。她用手指狠劲抓住他的肩膀，用力咬他。他没有退避，只是缓一下，悬伏在她身上，他肩头紧绷的肌肉犹如粗绳索。她追逐生命底下的暗流荡漾，在那里，她发觉自我感觉竟不过是随意的、无关的，轻易就被这单股激流涤荡无存。

她不能呼吸，但魂魄未失。她揪紧他的黑发，喘息沉重。

事后，他们仰面躺着，拉着手。经验的幻觉将两人分隔。一切沉寂。

如同一滴水珠，她悬在睡意朦胧间。

他在黑暗中摸着她的手，一起从这个世界沉入另一个世界。

八

丽贝卡睁开眼,天还是黑的。亨利不在床上,站在窗前。沁凉的空气侵入室内,她掀开床单。

"感觉真好。"她说道。

他转过身:"要知道现在有多早,你会吃一惊的。"

透过开启的百叶窗,丽贝卡看见街对面的明亮公寓室内,袒露上身的男子立在一锅沸水前。亨利去厨房倒来两杯橙汁,搁在床头柜上。

"你看见他了吗?"他说道。

那男子缓缓地把几条白毛巾搁进热腾腾的沸水中。

"他在做什么?"丽贝卡说道。

"煮毛巾。"

"他看起来好凄苦。"她说。

"他有理由凄苦。"

丽贝卡从枕上抬起头,睁大双眼。

"他就是把鱼放在我门外的邻居。"

"可是他为什么凄苦?"

"五年前,他妻子和婴儿在街角被出租车撞倒。"

丽贝卡倒抽了一口气。

"孩子死了,老婆出院后便抛下了他,回她父母的村里去了。楼下的女人跟我说的。"亨利说道。

"你怎么认识他的?"

"还不认识——不过,显然所有邻居都知道这里住了个外国人。"

"那他知道你一个人住?"

"嗯,大家都知道。"

"那他为什么给你两条鱼?"

"我不知道,兴许他觉得我看起来很饿。"

"或者,兴许他想跟你一起吃。"

"你真这么想?"

"我想他看起来很孤单。"丽贝卡说。

"可是,他阳台下的街上,到处都有人……"

"那又怎样,"丽贝卡打断他的话,"孤单就好似独自活在这个宇宙里,只不过其他人也还在这里罢了。"

"真美,"亨利说道,"这句话真美。"

亨利与她说起一些儿时的事。丽贝卡望着袒露上身的男子。他身子倾向一侧站着,似乎被拴在某种巨大的重压上——他过去的某个时刻,给他赋予了形体,却又不给他生命。

九

"拜拜,亨利。"爸爸说。

"你不担心的,是不是,宝贝?"妈妈说,"我们就在邻居家,要找我们很容易的。"

亨利点头。

"我知道,妈妈。"

"弟弟要是醒了,就跑来告诉我们,乖乖的,好孩子。"

"我知道该怎么做,我能行的,妈妈。"

"怕不怕?"她温柔地说。

"他不会有事的,哈莉特,"爸爸说,"我们要迟了。"

屋里静悄悄的,不过时时发出咯吱响,或者厨房传来尖细的滴答声,或者邓肯在房里走动,猫爪轻拍地板发出悄响。电视开着,亨利坐下来。有一碟岩皮饼,一大杯橙汁汽水。外头天还亮,大雨刚停,汽车驶过,飕飕地响。

动画片播完了,亨利想着还会不会再播。他站在电视机前,等着看接下来要放什么。

他的内衣上印着蜘蛛侠。他在电视机里看见自己的身影。镜子里边的男孩一动不动地站着。两人等着看接下来要放什么。

然后亨利决定去看弟弟。毕竟这是他的重任。父母不在家,他要当起家来。

亨利比弟弟大五岁,不过他俩长得很像。弟弟总想拿东西——总是伸出手指抓东西,总是触摸——脸庞因用力而扭曲。淌着口水。尿布的臭味——就像一包炸鱼排和薯条那样沉甸甸、热乎乎。激烈的哭号。他的头发纤细稀疏,好像会被风吹落。亨利记得他从医院来家里时小小的黑眼睛。妈妈让小宝宝吮亨利的手指。

"我就是这样吃酸浆果的。"亨利说,大家都笑起来。

那时宝宝还没有头发。现在他快一岁了。亨利喜欢在床上将宝宝颠来颠去,他的衣裳是蓝色的,很柔软,他从拉链里钻进去,上面缝着一条鱼。鱼在微笑,眨着一只眼睛。

亨利站在弟弟的房间门口。消毒剂和婴儿爽身粉的气味冲得他好沮丧。百叶窗关得紧紧的,外头天光微弱,却也分明可见。

弟弟的呼吸急促。他的手好小,不过该有的纹路都有。

然后,外面有条狗吠起来。

弟弟猛地睁开眼睛,转动脑袋。当他看见亨利,便咧嘴笑了,接着哭了起来。

"哭也没有用的,妈妈不在,"亨利说,"她在隔壁家。"

亨利探手伸进摇篮栏杆,可是不管用。

接着亨利跳了一段舞,又唱了一首歌,唱小熊的,在学校里学的。

"等你长大些,跟我这么大,我就教你。"亨利说。

弟弟的脸庞哭得通红,眼珠子迸凸。

可他就是哭个没完。妈妈和爸爸要生气的,怪亨利走进来,弄醒了宝宝。

亨利正要跑到邻居家去,突然想出一个主意,给他玩具。

在宝宝换衣桌上的尿布旁,有一只风动挂件,原先挂在亨利的摇篮上,爸爸说弟弟也许会喜欢,明天挂上。

亨利抓起挂件,提在摇篮上。

"这个以前是我的,"亨利说,"这下别哭了。"

弟弟止住了哭,伸出手来。

"你想玩这个吗?"

宝宝笑开了,脸庞变回原来的模样,这一日的最后光芒照进来,房间里顿时亮堂。亨利从手中松落挂件。

宝宝心满意足,短胖的手指摸弄小部件。他捉起一只塑料动物塞进嘴里,又拿出来瞧一瞧。他拉一拉绳索,咬一咬木头。

"这下睡吧,小弟弟,"亨利说,"做个好梦。"

亨利走出房门,心里好骄傲。他要跟妈妈吹嘘,狗吠的时候,他是怎样哄好弟弟的。

父母回家时,天快黑了。电视也不放了,亨利把玩具散了满地。房间沉在阴影里,亨利害怕,不敢去开灯,只敢待在电视荧光照亮的地方。

"真是个大男孩。"妈妈说。

"过来,年轻人,"爸爸说,"该上床睡觉了。"

亨利张嘴打呵欠。

"弟弟醒过吗?"

"醒过,"亨利说,"不过我进去看他后,又睡了。"

“真是好孩子，”妈妈说，“我就知道我能信任你当一家之主的。”

“虽然我们就在隔壁家。”父亲添了一句。

在父亲尽职的照看下，亨利拉上睡衣拉链，猛地传来长长的一声尖叫，似乎久久不止。父亲直奔出去。

叫声从弟弟的房间传来。

亨利趴在门缝上看。

他们得拿剪刀将它剪掉。亨利尿了裤子，但无人留意。

警察和救护车来了。

邻居们穿着睡衣在门前出现。

亨利没被允许去睡觉，而是得跟警察说话。

十

在亨利童年的大半时间里,弟弟的房间被用作贮藏室。他们在家里从不谈起这件事。母亲有时在卫生间哭泣。亨利有时看见父亲在车库里失神。

少年时,他在睡梦里惊醒,透不过气来。每个人都知道他的弟弟死了。在超市里,人们会走向他母亲:

"你还好吗?"

虽然数年过去,一样的问题,一样同情的苦脸,一只胳膊轻轻搭在她的胳膊上,都帮着重新揭开这道伤口。

当然都怪罪在玩具上。此外,无人知道更多。

大学最后一年,亨利察觉有些不对劲。他体内的机制出了故障,或者从来就不正常,而这种机制使得其他学生在学生酒吧欢闹几夜后结下长期友谊。

他也跟一两个女生交往,终究灾难一般地结束。至情至意地热烈地开始,转而冷漠地分手。

这回是丽贝卡。开始也与别的女生一样。吸引、谈话、共度一夜。不过她似赋有某种更深情、更无畏的东西——她身上的某种东西,促使亨利超越眼前的细节与感觉,就好比他俩都被拴在将来的同一个点上。

于是他将一些事说给她听,但是没有将一切告诉她。她自然也怪那个玩具,于是亨利继续安全地做他该做的那个人。

漫长的沉默后,亨利笨拙地开口,问丽贝卡在哪里长大。"在法国的庄园吗?护窗板、花园浇水管、熏衣草花圃、老雪铁龙。"

"不完全是。"她应道,仍然因他的故事而心神不宁。

"那到底是法国哪里?"亨利问道。

"你猜猜。"

"嗯,不是巴黎,这我知道。是不是尚帕涅?"

"不是。"

"波尔多?"

"不是,不是波尔多。"

"第戎?"

"你对法国的地理知识就限于吃的喝的啊?"

"拉斯科?"

"猜得好——鉴于我眼下只画素描,还没画过色彩,但不是。"

丽贝卡探手拿床头柜上的橙汁,又搁了回去。

亨利去厨房倒来一杯水。

"谢谢。"她说。

她在床单上伸展身子。

两人都觉得乏了。他们又躺下,亨利笑道:"我寻找生命的凭据,你解释它的意义。"

"不是的,亨利,我不这么认为。我想你在寻找你自己人生的凭据。"

"那你做什么呢?"亨利问道。

"我就画素描,"丽贝卡微笑道,"眼下是。"

"你男朋友叫什么名字?"亨利问道。

丽贝卡顿了片刻。

"他不是我的男朋友,跟你说过的。他真的只是朋友。"

"希腊人?"

"美国人。你会喜欢他的。"她说道。

"我会?"亨利喷了一口气,"你干吗这么说?"

"因为他喜欢听歌剧,午后就一碟子杏干儿喝雪利酒,当然他还懂所有这些考古,古希腊文是他的最爱。"

"人们喜欢那样的行当?"

"在这里,是的。"丽贝卡说道。

亨利思索片时,开口说道:

"那我们就这么做。"

"做什么?"

"我们就把这里当成家——这里离我们的人生那么远,我们可以获得自由。"

她别过头去,望向黑暗。

"可我才认识你,还不了解你。"

"我感觉你了解我。"亨利说道。

丽贝卡转头面对他:"我若是细细想想我们俩的事,大概会吓一跳的。"

亨利抚摸她的头发,一遍遍轻吻她的后颈,不久她便睡去。

早晨,亨利穿上衣服出门。外面很凉爽。他解开头盔带扣,抬眼望自家的阳台。他跨上锈迹斑驳的黄蜂摩托车,望北驶去,直驰出城外。

他缓缓爬上山路,抵达酷暑下炙烤的挖掘地,丽贝卡后来形容他的挖掘工具为昂贵的牙刷。午后,他要离开挖掘的地洞,带着提包里的笔记,乘飞机去伦敦。剑桥大学的小巴士会载他去宿舍,他会在那里住一周。

丽贝卡在他的公寓待到午间。她在灼热的黄色浴室里洗过澡,洗涮昨夜的盘子。穿上衣服后,她拿空酒瓶抵着门,在街头从阿尔巴尼亚人的摊上买来橙子。她把橙子摆在小碗中,搁在厨房餐桌上的柠檬旁边,还有她的地址。丽贝卡正要拉拢百叶窗遮去白日的阳光,望见对面楼里袒露上身煮毛巾的男子。他坐在厨房餐桌前,手指间夹着香烟,揪扯头发。

十一

　　大半个下午,乔治在床上度过,身上摊着卡赞扎基斯的双语诗集,宛如一座小小的教堂。这一页上印着:

　　　　美是无情的。不是你看着它,而是它看着你,且不宽恕。

　　离他上次见丽贝卡已过去一周。他的公寓里弥漫着泼洒的酒味。厨台上搁着几把莳萝,草叶已蔫,空葡萄酒瓶、烈酒瓶占尽屋内脚踩不着的空间和角落。他反复诵读这行诗句,直到默记于心。

　　中午他要去见一个人,便起床打扮好,往街角一家热闹的餐馆去。乔治的午餐同伴来得早,已站在那里迎接他。他们没有握手,但见到彼此都很高兴。

　　"你好吗,科斯塔斯?"乔治说道,"点菜了吗?"

　　他摇摇头。

　　"谢谢你来。给,一条烟,一瓶乌佐酒,免得待会儿忘了。"

　　这男子原有些呆滞的羞涩,这时喜动眉间。他把香烟掖进厚外套的其中一只口袋,然后举起乌佐酒瓶,努力佯作读标签。乔治揣度他是假装的,以掩饰自己不识字。

"好像挺不错的,很有意思的历史。"这男子说道。

"这是极好的,跟你的英文一样好。"

科斯塔斯感激地点头。他大约五十岁,深色头发,只是由于生活境况,他的相貌显得有些衰老。

"自从我们那次碰面后,你在做什么?"

"老实说?"乔治问道。

科斯塔斯点点头。

"我爱上一个人。"

"女人?"

乔治点点头。

"希腊人?"

"法国人。"

"哦,"科斯塔斯说道,"很不错。"

"不过,"乔治说,"我有一周没有她的消息了。"

"打过电话吗?"科斯塔斯建议道。

"她没有电话,不过我去过好几次,她好像不在家,或者要是在的话,我按铃后,她也没来开门。"

"也许她忙着,"科斯塔斯说,"不过,女人都很神秘的,是不是?"

科斯塔斯挠挠下巴,探手抽出乔治的香烟:"我能抽一支吗?"

乔治点点头:"当然。"

侍者终于朝他们走来,相随而来的是餐馆老板——肥硕的男子,戴着粗重的金链。

老板站在他们的桌前,双手叉腰,怒气冲冲地瞪着科斯塔斯。

"抱歉,我们打烊了。"他说道。

"打烊?"乔治疑惑地应道,"可你才开门呢。"

科斯塔斯开怀笑起来,也瞪着老板。

"你们两个都快给我走开。"老板说道。

"可是为什么?"乔治说,"我们是来吃午饭的。"

"我们开的是餐馆,不是慈善食堂。"

乔治不肯让步:"我总是付账单的,还给你大笔小费。"

"这倒不错,"老板说道,"可你要是个体面的人,怎会认识这样的人?"他说着,手指着科斯塔斯——他已收拾好东西,准备离开。

"我很失望,"乔治说道,站起身,"你们忘了什么叫作好客。这可是你们发明的。"

老板的嘴唇略微颤动,却没有开口。

离开之际,乔治又转身挥挥手。这是他怪异的习惯,常令人迷惑。侍者原先立在旁边,没有说过一句话,这时也挥了挥手,老板骂了他几句。

"真抱歉。"乔治说道。科斯塔斯大方地笑笑,又跟乔治要了一支烟。他们站在喷泉旁吸烟,望着人们来来去去。

"我们生活的世界真奇怪,是吧?"乔治说。

科斯塔斯点点头:"奇怪极了。"

"你看,"乔治说着,转身面对他的朋友,"我说过请你吃午饭的,你看这样好不好,我们就买些索瓦兰吉烤肉卷,带到我家去吃。"

"我也说不准,"科斯塔斯说,"我真的该走了。"

"我知道,"乔治说,"绝不是什么讲究的。我们还可以买些酒去,边吃边喝——我知道你跟我一样很喜欢喝几口。"

"好的，"科斯塔斯说，"听着挺不错的。也许你还可以跟我多说说你爱上的法国女孩。"

乔治在一个摊上买来两份烤肉卷，一瓶葡萄酒，领着科斯塔斯到他的住处。他的公寓俯视柯洛纳基广场。

"我不太来这里。"科斯塔斯说。

"为什么？"

老人微笑道："因为漂亮的外国人在这里花钱，警察不高兴看到像我这样的人出现。"

"可这是你的国家，"乔治说，"你爱去哪里就去哪里。"

"你是好男孩，"科斯塔斯说，"我真希望你是希腊人。"

走进屋里，乔治帮科斯塔斯脱下背囊。他的下身用绳索扎裹了两条厚毯，颇费了一些周折，方才安顿下来。

乔治给科斯塔斯让了座，为他倒上酒。

"只是便宜的餐酒，"乔治说，"不过毕竟是湿的。"

"毕竟是湿的。"科斯塔斯一饮而尽，重复道，举起杯子要再添。

吃午饭时，乔治将丽贝卡的事悉数告诉他——入夜后的晚餐，长长的、浪漫的漫步，她要做大画家的志向，在她的台阶前困窘地逗留。科斯塔斯恭听着，适时点头。

午饭后，他们喝阿马尼亚克白兰地，乔治又感谢科斯塔斯上周的慷慨。科斯塔斯耸耸肩。他写下雅典一家弃置房屋的地址，他与另几个人同住，多少算是个家。

"你要是走丢了，到这个地方来找我。"

十二

乔治决定喝上一整天来庆祝与丽贝卡的一夜激情。白日里,他从小餐馆到大餐馆一家家地换着喝,咬几口三明治、小馅饼,阅读,尽情地喝,也小心不招人注意。

凌晨三点,仍开着的酒吧只有一家网吧兼咖啡吧,营业到清晨五点钟,通常光顾的是附近青年旅馆的背包族。

乔治付了钱,坐在电脑前。他坐着喝酒,在电脑屏幕明亮的荧光下,觉得有些困倦。倘若有人在看他,他也是无法察觉的。

网吧关门后,他决定睡在公园里。天蒙蒙亮,灌木丛中虽势必有人潜伏、发出些动静,但也都是没有恶意的,他觉得自在安全。

他穿过横跨铁道线的桥梁,朝树林里走去,小道上空无他人。他循着公园的围栏走——希望找着出口,猛地发觉被一群人围住。肚子上抵着一件东西,乔治垂头看,像是管子,后来才明白是枪管。这些人迅捷地掏摸他的口袋,他能感觉这些手,如同发疯的牲畜。眼前虽面临暴力,乔治却颇感放松。这样的事超过他的控制能力,他能做的便是顺服,等待结束。尔后,他们将他按在地下,便跑开了。乔治躺在地上,不曾受伤,只是受了惊。

近旁睡在纸板箱下的流浪汉眼见这起事件,可怜起乔治来(他以为乔治跟自己一样是无害的酒鬼)。待那群人走远,科斯塔斯扶起乔治,为他抖落衣上的尘土,邀他坐在纸板箱上,拿出酒喝,拿出烟吸。

痛快喝了几口酒,吸尽科斯塔斯留着以备急用的雪茄头,乔治在纸板箱上睡去。科斯塔斯将一条毯子盖在他身上,自己盖了另一条。

第二天早晨,乔治感谢科斯塔斯的慷慨,恳请他一周后作客吃午饭,到时他会好起来的。科斯塔斯答应了,乔治跟他说了街角一家餐馆的地址,那家的鱼很好,酒更好。科斯塔斯彬彬有礼地点头,说与乔治到时在那里见。乔治还说要回赠一条烟、一瓶乌佐酒,报答科斯塔斯破费的酒和雪茄头。

十三

科斯塔斯收拾了就要走,乔治生出一个主意。

"等等,"他说,"要是警察不喜欢你的外表,我们就改变你的外表。"

乔治走进卧室,拿来一套西装、一双便鞋。

西装有些松垮,但是穿了三双袜子后,皮鞋倒合脚。

"真好看,"科斯塔斯抚摸面料,"我有二十年不穿西装了。"

"帅气极了,"乔治说,"你穿着很合身,跟你底下的 T 恤很搭,像从加州来的。"

"我来处理这些。"乔治指指科斯塔斯的旧衣服,它们黑乎乎地堆在地板上,汗味直冲鼻子,乔治迟迟没有去捡。

"不用,不用,"科斯塔斯探身拾起它们,"我带上——衣服再多也不嫌多的。"

乔治送科斯塔斯到公寓楼大门口,他们握了手。乔治觉得好衣服自有一种矜贵,对于一个人的自我感觉起着至关重要的作用。

乔治的许多偶像——一九三〇年代的考古学家和语言学家,他们的著作写探险考察,也用无数章节描述衣饰。他们身穿萨维尔街定制的亚麻西装攀登毒日下的沙丘,穿着粗呢西装和布拉克全拷花皮鞋、吊袜带探索喜马拉雅的山洞——由于某种挫伤或一时瘫痪,他们从来不用刮脸。

　　乔治给科斯塔斯的西装也是巴黎定制的。他的系扣领衬衫是伦敦哲麦街做的,鞋子是艾尔弗雷德·萨金特的,在乔治看来,领结从未过时,他的刮脸装备是乔·F.切姆普的,还有数件稀奇物件也是这家的,比如一个狭小的银质玩意儿,用来减缓香槟起泡。

十四

乔治在埃克斯茅斯学院的最后一年,他的父亲从沙特阿拉伯回到美国的家中,大约是他来雅典的三年前。他给乔治写信,说想做回他的父亲。

他说他也想给乔治一些钱——令他生活舒适,尽为人父的职责,确保他将来好好立业。

过去三年间,他高兴时就来看乔治,大约一年两次。五个月前,他的父亲来雅典看他。

吃过漫长的晚餐,喝下数瓶葡萄酒,乔治送他回宾馆。两人穿过宪法广场——经过议会大厦,走上一条往雅典希尔顿延伸的林荫道。他扶父亲进了房间,他的父亲在卫生间磕碰,他坐在套房的会客厅等候。十分钟后,乔治进去看他为何待这么久,却见他穿着衣服睡在地板上。乔治为他松开领带,解开衬衫领扣,松开皮带扣,脱下鞋子,拉过毯子盖在他身上。

妆台上摆着一只大信封,写着乔治的名字,一如既往,里面装着一叠美金、一张爱马仕礼券——他父亲做衣服的理想标准。

出门前,乔治折起父亲的衣服,掸拂平整。他也将数只伏特加空瓶搁在门外给清洁女工,抚平高尔夫球杂志,拉拢窗帘,遮住城市的光芒。

他在床上坐下,看父亲沉睡,看了几分钟。他起身离开,在身后悄悄关上了房门。

乔治止步与前台说了些闲话,叫他们过几个小时去看看他的父亲,因他身体不太自在。然后乔治打车回家,倒在床上。

所有时代的诗歌当中,乔治最喜爱荷马的《奥德赛》。他将它抄出来,译作英文。故事一半是讲一个男孩的父亲是如何失踪的。

十五

乔治清早醒来想酒喝,想得不得了。店肆还要等好几个小时才开。他拿起床头柜上的书,读了一首小诗:

世间只有一个女人。一个女人,无数面庞。

然后他起床,吃了些冷土豆拌酸奶、柠檬汁、香葱叶。

他用古希腊文写下丽贝卡的名字,贴在冰箱上。他还为她写了几行诗,藏在枕套里,与一包应急的香烟和父亲寄来的生日卡片装在一起,最早的卡片是他十七岁时的。

乔治拆开一块巧克力。他想吃些甜的,能叫自己感觉好起来。清醒的时候,他觉得这世界苦得叫人熬不下去,因为一切显得如此珍贵。他像是某种晦涩宗教的虔诚信徒,时常体悟神圣的时刻,感动得落泪——譬如窗玻璃上的雨滴,苹果的香味,公园里一个男人与女儿一起看书,一群飞鸟。

酒精将这些荒唐统统冲淡,令他的感知变得空疏。喝醉后,他便可逍遥地在这地上信步,无须将每一个时刻当作他的最后时刻一般消化吸收。

床上方的窗外，映出惨淡的蓝天，天快要亮了。

这城市的某处，在千万颗跳动的心脏当中，有他想要的那一颗。

思量片刻后，乔治觉得自己耽误了太长时间，决定穿过雅典城，走上几英里到她的公寓去，他要在那里吸烟、喝乌佐酒——等店铺开门便去买，然后站在她的阳台下，沉浸在她沉睡身体的想象中。

也许他还会去按她的门铃，再跑开（要是没有醉得找不到）。他想象待她跑下来开门时，他便跳进灌木丛中。

乔治离开公寓时，素来将可开的东西全部开着，灯、收音机，有一次还开着淋浴器——醉得忘了进去冲澡。乔治不用转身，便摸到钥匙，从抽屉里拿出父亲给的礼券——橙色信封上刻着一匹马和一辆轻便马车。他想倘若被发现的话，可以临时拿出来作礼物，充当借口。

电梯降得快，发出轻叩声，乔治记起舍监走过宿舍楼道时回荡的足音。

从埃克斯茅斯毕业前一年，除了翻译古文本和听音乐外，他唯一的乐趣是靠着立在修剪齐整的学校庭院中的方尖碑，喝单一纯麦苏格兰威士忌。他喜欢坐在那里，喝酒，哼巴赫。这座方尖碑被称作埃克斯茅斯的阳物图腾。有一次，乔治酒酣，环抱碑基，高声叫唤：

"狠狠戳我呀，哦，埃克斯茅斯大鸡巴，戳进那没有凡人胆敢展开脆弱双翅的地方。"

倘若那一日不是家长会，便不会有人听见，乔治也不至于遭祸。

更冷的清晨，快意的事更多。拂晓，夜霜浓重，乔治头顶吹息般的幽云，万古无消息的星辰，在霜华似梦的花园里漫游。他如丝做的木偶，滑翔过庭院,这一日诞生之际,他是唯一有生息的见证。

进寄宿学校时,乔治七岁,在家庭分裂后不久。

莱克星顿至波士顿的飞行一路没有颠簸。他得了一包动物饼干,任选最喜欢的饮料(芬达汽水)。学校派了个名叫特伦斯的人开车来机场接他。

乔治抵达丽贝卡的公寓楼前,大约是早上七点钟,埃克斯茅斯的记忆此时早已零散。他在路上买了酒,眼下醉得只能凝神想到公寓二楼。他直愣愣地看着她的公寓楼,竭力将朦胧的色彩拼凑为整块。

乔治终于壮着胆子穿过马路,才发现适间看的是另一幢公寓的二楼,他便灰了心,到附近的公园睡去。

他适情率意地睡到午后。

醒来后,在烈日下,他朝近旁的地铁站小心走去。他觉得疲乏,濒临清醒。他的肺焦灼得很,想要感受烟味的重量。他好似在自己身体之内打仗的老兵,忍耐着痛楚,弓腰驼背走上站台。

一列地铁驶进站。

他望着人们蜂拥而出,等候上车的时机。她忽然出现在他眼前,怀抱一束白色鲜花。

"丽贝卡!"

她露出诧异的神色。她的眼睛好美。

乔治竭力站稳:"对不起,吓着你了。"他的舌头打结。

"乔治,你在这里做什么?"

"哦,嗯,我去那头的图书馆取些文件。"他往路的一头比划,又看看另一头,也比划一下。

"你来过这里吗?"他问道,碰碰她手中的花瓣。

"哪里?"她回道。

"你住这里?"乔治问道。

"你知道我住在这里。"

"刚回来?"

"是的——你裤子上怎么沾着草叶?"

"这些草叶?"乔治说着,垂头看污脏的西裤,笑道:"我在学校的庭院里打了个盹儿。说实话,那地方确实得好好地耙一耙了。"

"我记得你刚才说是图书馆?"

"都是,某种程度上,我想——我们有年头没见了,是不是!"

"看来你得清醒清醒。"

"丽贝卡。"他焦心地叫道。有那么多话,他想要说出口,却只说得出她的名字,这几个字母,音节如袅袅悠悠的乐曲,充斥在他心间。

她朝站台外看,望向公寓的方向。

"我很快清醒了,"他说着,"我还有样东西要给你。"

他探手从口袋里掏出橙色信封,递给她。

"看起来很郑重,"她说道,"是信?"

"类似吧,一会儿再打开。"

她迟疑着,可乔治坚持着,她便将信封装进衣服口袋,然后又朝台阶的方向望去。

"我得走了,乔治。"她微笑道。

乔治抬手指指脸。

"我的鼻子在流血吗?"他问道。

"我想没有。"丽贝卡答道,踮着脚尖。

"这段时间总觉得鼻子有些不好。"

他随即后悔编造了这句谎话。

乔治一时以为她会邀他去家里歇息或喝茶。她可能还存着些酒,还有几块希腊硬饼嚼着下酒。

见她想要离去,他说道:

"我酒醒了,现在就醒了。"然后他意识到手里正拿着一罐刚开的啤酒,是方才在地铁站售货亭买的。

他的鞋上布满深色污渍,他疑心是尿渍。

丽贝卡穿着浅蓝色芭蕾平底鞋。她悠悠地叹息一声,垂落手中的花。

"乔治,"她说道,"我们在这里坐会儿,说会儿话。"

她领他走向台阶上的一张长凳,两人坐下。

"这真不错,是不?"乔治说道。

"乔治,从今往后,我们能不能只做朋友?"

乔治不吭声。然后笑问:"什么?"

"就像我们起初那样,时常一块儿喝咖啡或者吃晚饭。"

乔治没有吭声。

"我想这样子最好。"她坚定地说。

"为什么?"

"我喜欢跟你在一块儿,但是我一直想先想清楚,眼前我的人生就是这样子。"

"因为我喝酒吗?"他说着,看着啤酒罐。

"一半原因。"丽贝卡说。

"另一半是什么?"

"我不能做你的女朋友。"

"从来不能? 还是再也不能?"

丽贝卡双眉颦蹙。

"从来不能。"她说道。

乔治开始抽泣。

人们围上来观看。

"乔治。"丽贝卡悄声道。

但他越发大声地抽泣起来。一个过路女人冲她说了些希腊语。

"乔治,"她又开口道,"请别哭了。事情没有那么糟糕。"

"我停不下来。"他说道,脸都哭红了。衬衫上两个纽扣松开,露了一截不讨喜的肚腩。

"告诉我,你究竟为什么这么伤心?"

乔治搓搓眼睛,喝了一大口啤酒。似乎才平复心绪,却又生起一阵哽咽。倘若不是地铁进站来,好奇的当地人便要将他们围住了。

"跟我说,乔治,你为什么哭?"

她碰碰他的手,但他躲开了。

"因为我有一点点伤心。"

"为什么?"

乔治没有作答,伸手摸索香烟。丽贝卡赶紧为他点燃。她只想要眼前这情景快些结束，怎样都好。

他又喝了一大口啤酒。

"哦，乔治，"丽贝卡绝望地说，"你能不能停下五分钟不喝酒？"

乔治将罐子搁到站台上。听那响声，两个人都知道罐子已空。

"你是因为醉了才哭的？"

乔治方才平息，这时又抽噎起来，并且放声饮泣。又一列地铁进站，几乎无人下车。

"等你酒醒后我们再谈。"丽贝卡说道。然后，丽贝卡在人生里第一次也是最后一次见识乔治罕见的脾气。

他低声吼道：

"你怎敢，你怎敢判断我，丽贝卡——你才放弃了这权利，请你闭嘴，免得将你我两人都侮辱了。"

丽贝卡不明白他的意思，疑心他自己也不明白，但她觉得这是退场的暗示，便立起身。

"再见，乔治，"她说道，"我想跟你好好说这件事的，可是你太……太伤心。"

乔治的头垂在手中。然后，他不曾站起身，一脚将啤酒罐踢入轨道。罐子发出脆响。有人在站台下吼，丽贝卡便拔脚走开。走到台阶尽头，她转头回望。乔治站起身。"丽贝卡，丽贝卡，丽贝卡，丽贝卡。"他呼喊着。

她回到家哭了。她在雅典第一次尝试与人交往，却彻底失败了。一定是我家遗传的，她思忖——没有能力维持任何情感关系。然后她想起亨利，渴望他，尽管心头仍有些愧疚。

十六

次日,丽贝卡被沉重的敲门声吵醒,她套上印花衫,踮脚走过冰凉的地板。

"是谁?"她问道。

"亨利!"

她慌忙开门,伸出双臂拥抱他。

"我好想你。"她说道,旋即便不作声了。

未几,他们睡在床上。她感觉他紧贴在她身上的肌肉渐渐紧绷,她张开双腿,竭力获取更多。事后,他们仰面躺着。

亨利说带她去挖掘的地方。

"这就是你所谓的浪漫?"

"确切地说,是的。"

"嗯,我没有合适的衣服穿。"

亨利环顾她的房间。"裤子和棉衬衣,实用的鞋子,外加丝巾,怎么样?"

"哪有什么实用的鞋子。"

"什么意思?"

"鞋子嘛,要么好看,要么实用,可我只有好看的。"

亨利笑了起来。

"这是法航惹的。"

昨晚路上遭遇的事渐渐消退,由之生起的感觉不久便会变成碎片,不会再来烦恼她。

他们又亲吻。她让他进入自己的身体。两人亲吻,不曾挪动身体。

随后她在打扮时,亨利说:

"我喜欢你这样梳头发。"

她从镜前转过身,看着他。

"那你就有福了,因为这个发型是我最爱的。"

"看得见你的脖子。"

"你喜欢我的脖子?"

"最喜欢的第二处。"

"最喜欢的是哪一处?"

"余下的。"

她从镜前朝他奔去,在他唇上反复亲吻。她又回到镜前,亨利坐在浴缸边。

"亨利,你第一次喜欢女生是什么时候?"

他思索片刻。

"十一岁时。我乘公交车去学校,车身是天蓝色的,写着奶油色的字。公车在一所芭蕾舞学校前停下接孩子。我坐在左侧座位上,透过高栅栏,看得见明亮的舞蹈室,与我一般年纪的女生在镜前做热身运动。我还记得她们的手臂、轻缓的弧度、精灵一般的撇开式,好美。她们有时一齐移动,有些像优雅地屈膝行礼。其中有个头发浅棕色的女孩,比其他人略矮些。我喜欢的就是她。"

"你可曾见过她?"

"没有,不过有一次,她朝我看过来,然后学期结束放了假,秋天里我父母搬了家,我去了另一个镇上的学校。"

"你还想着她吗?"

"她跟你梳一样的头发。"

"像这样?"丽贝卡说着,挽起亨利的手,放到她的脑后,"我在法航时就是这样束头发的——不过挽得更光滑。"

"我会在天空中爱上你的。"他说道,留下她不受打扰地好生打扮。

他们坐下喝咖啡。

二人急急穿好衣服,手牵手奔下楼梯,一面欢笑着。他的手掌非常有力,快跑完楼梯时,亨利停下来,将她拉近。

他早上不曾刮脸,温热、微有汗意的下颏再度唤起她对他的欲望。

他们跨上老摩托车,挪移下路肩,汇入通畅的车流。

天已热。约一小时后,他们穿过一座咔咔作响的桥梁,上了另一条道路,飞尘拂道,似无尽头,其实是攀上了一座又高又热的山峰,亨利说这里数千年来人迹罕至。远远望得见一顶白帐篷、几张岩石桌,还有一辆似乎被废弃的破车。他们在一张桌子前停下。帐篷口子掀起,如同睁开眼睛,一个身影站在那里看着他们,抬手挡住阳光。

"早上好,"这人说道,"这是谁?"

"丽贝卡。"亨利说道。

"不是说她,说你。"教授说。

亨利笑了。

"一个星期没见你。去哪儿了?"

亨利还没有来得及作答,教授便拍了拍他的背。

"很高兴你回家来,亨利。好了,这是谁?"

"你好,"丽贝卡说道,伸出手来,"丽贝卡·巴普蒂斯特。"

"巴普蒂斯特,啊?"这人说着,转身朝帐篷走去。

"到里头来喝口水。另外,我是皮特森教授。"

亨利接过丽贝卡的头盔,跟随她钻进帐篷。

他们坐在帆布椅里,里头非常凉爽,隐约弥漫着醋味。帐篷内数张桌上摆满工具和岩石,还有一个盥洗池,连接一只大水桶,另有一只塑料洗涤槽,内盛黏糊糊的白物。

"有什么新闻,教授?"亨利问道。

"什么新闻? 嗯,先拿着这个。"教授递给每人一杯凉水。接着他点起烟斗,用眼角打量丽贝卡。他将火柴凑近烟斗腹——吹着气,烟斗随气息一明一灭,随后烟草燃着,每浅吮一口,便嘶嘶作响。

"吉瑟普回家去了,至少一星期后才回来,他可怜的老娘身体又不好了。"

"又不好了?"亨利说着,转头对丽贝卡说,"吉瑟普的母亲想他的时候,就病得很厉害,他就得立即回到她身边。"

"那我们拿那铁饼上的文字怎么办,谁来分析?"亨利说道。

"只能等了。"

"你要跟我说的就这个?"

"是的,"皮特森教授说,"你要是去大学里的话,别提起吉瑟普不在这儿的事。”

“我不会的。”

“他们找尽借口想剔除我们。”

“真的?”

教授从嘴里拿出烟斗:“嗯,我一向这么认为。”

交谈片刻,他们又站在了日头底下。教授的视线越过丽贝卡和亨利,纵目望向远处的雅典城。漫城浮烟晦沉晦淡,宛如连天搓绵扯絮。他们离雅典城数英里之遥,然而纵使在如此孤绝的山崖上,仍能感受到城中的酷暑、奔忙气息和人境穷愁。

“你要是想帮忙的话,亲爱的……”教授对丽贝卡说,“我这把年纪,开口叫人做事,一点儿都不觉得难为情的——桌上那些东西,随意拣几样画些图,给这里的不列颠学校当新闻通讯。我拿石头或赞美作报酬,或者要是亨利不规矩的话,我帮你修理他。”

“终于有个懂女人心思的男人了,”丽贝卡说道,“我要石头吧。”

“亨利跟我说,你是个很有才华的画家。”

“可他从没见过我的画儿。”

“我见过,”亨利在刨土的坑底喊道,“今儿早上,在客厅地板上瞧见一些素描。”

“可那是今儿早上。”她说道。

“我还是说对了,不是吗?”

丽贝卡随教授来到一张桌前,桌上罩着塑料布,压着砖头。他从塑料布下拉出一盒英式老牙科工具,给她解释这些工具的用处,发掘出来的东西后来去了何处,哪几件她大概会喜欢画。

画了几张速写后,丽贝卡躺在帐篷旁的吊床上打盹儿。她拿了本泛黄的《经济学人》杂志扇风,后来便睡去了。

皮特森教授走近亨利的地坑。

"你今日静得出奇,亨利——定是琢磨跟丽贝卡的婚事。"

"婚事?"

"镇定点儿,亨利……不管怎样,那条腿哪儿去了?"

"跑了。"

"好极了。"

"昨儿就捡进来了,应该在实验室里。"

"是的。"

亨利举头朝他的老朋友微笑,阳光灿烂,看不清老人脸上的神情。

"跟往常一样,你今儿也干得不错,孩子。"他说道。

丽贝卡走过来,脸庞因出汗而发亮。

"我睡了很久吗?"

"没多久,"亨利说道,"顶多一小时。"

"上个星期,亨利发现一根大腿骨。"教授说。

"我认为是女人的。"亨利添道。

"你怎么知道的?"丽贝卡笑盈盈地问道。

"大致从形状看出来的。"

"拿着一个曾经活着的人的腿,是什么样的感觉?"

亨利想了想,捏起厚棉布围裙擦拭小铲子。

"我琢磨琢磨他们的人生——倒不是那些人生大事,而是一些小事,比如喝水、叠衣服、走回家去。"

教授将眼珠一翻:"呼,我要回去工作了。"

丽贝卡颤巍巍地爬下梯子,到了亨利的地坑中。

"我有时挖到小孩的骨头,"他说,"小孩的骨头跟他们古老父母的完全不同。我是说,拿在手上的感觉不一样。虽说这些孩子就算活得再久,到现在也早死了,可还是叫我觉得惊奇。"

丽贝卡在脚边捡起一块石头。

"这个特别吗?"

亨利俯身细看。

"你觉得我们的人生是白来一场,注定都要死的、被遗忘的?"她问道。

"从某种意义上说,"亨利说道,"我想大可说我们都是早已死了的——早已失落的——在某种意义上。"

"亨利,如果真的是这样,我要在你的坑里躺下,好叫你挖到我。"

下山途中,世界自他们的发间掠过。

亨利的胳膊晒成酱色,触手热烫烫的。

亨利掣驰过城市中心,穿梭在驶往遥远地方的卡车丛中。

丽贝卡抓紧亨利的棉外套,疾驰生起的凉风叫她觉得好轻盈,偶有些时刻,更觉得无所畏惧。不久,她要跟他讲她的童年,因为她感觉他俩之间滋长的爱,是一种稀罕且无言的信赖。若能继续不断,她敢肯定,在那个沉落的时刻,她会张开双臂飞翔。

十七

他们趋近亨利在雅典城中心的公寓,丽贝卡捏捏亨利,示意他停下。他在道旁停下,但没有熄火。

"怎么了?"

"没什么,"她喊道,"能不能在这里停一会儿?"

"好的。"他略有些勉强。丽贝卡爬下摩托车,亨利将车推上人行道。丽贝卡摘下头盔和丝巾,头发汗津津的。

"我得去一下附近的商店。"

"不是要关门了吗?"

丽贝卡伸手指向喷泉另一端的一排商店。

"我想在那边,"她说道,"那些外国精品店。"

天气仍然很热,空气灰蒙蒙的。

这一带购物区,原本熙熙攘攘地站满了人,这时已渐散去,零零散散见一些人,手拎一包肉或鱼匆匆赶回家去。

"我们去那里看看,给你买些什么。"她说着,走近一道厚实的棕色大门。"我在口袋里发现这个,"她拿出一个橙色信封,"我想我们该把它花掉。"

"我浑身都是灰。"亨利说道。

丽贝卡拉开门。

"我真不想要什么东西,"亨利说道,"不过我们可以给你看看。"

"不,我不能拿这个给自己买东西——就给你买。"她坚持道。

店里陈列着几橱丝巾,一张长桌上摆着全副正餐餐具:盘子、刀叉、餐巾。

店中心搁着两双马靴,一些马术装备。

"这地方妙极了。"亨利说着,拿起一柄短马鞭。

"法国的,"丽贝卡说道,"跟我一样。"

女店员冉冉趋前。她大约五六十岁,短头发。她朝丽贝卡展开笑靥,用低沉的嗓音说道:"你好,小姐。"

丽贝卡微笑道:"我来给这个陌生人买件美丽的东西。"

"我真的不需要任何东西。"亨利对那妇人说道。

"我们这里不讲究需要,"女店员笑盈盈地开口,"我们讲究的是想要,每个人都想要美的东西——哪怕只是让自己想起一个美的人。"

亨利耸耸肩:"这是我听过的最好的推销词。"

"看看衬衫吧?"丽贝卡说道。

店员领亨利和丽贝卡到一墙正装衬衫前。

"纯珠母纽扣,单扣袖。"她说着,取下一件衬衫。

"有意思,"亨利说着,从她手中接过衬衫,"好简单。"

"你若理解这一点,"女店员说,"你就很懂得品位的含义——这也解释了这位年轻女士为何对你产生热切的兴趣。"

"我可不热切,"丽贝卡说道,"不过我确实感兴趣。"

女店员笑起来,走去接电话。

亨利选了白色横棱纹意大利领棉衬衫。店员合上橙色盒子，系上棕色丝带。

"真好看。"亨利说道。

"而且很实用。"丽贝卡补充道。

"就像你们俩，"店员说着，将盒子递给他们，"请务必妥善使用。"

十八

亨利决定去街角的餐馆买些吃的，建议在阳台上吃。

走到街上，他止步举头看自己的公寓。丽贝卡在屋里。

一两盏灯亮着。

他不知道自己会不会跟她直说弟弟的真实死因。虽说不是他的错。大家都这么说。他哭喊着惊醒，爸爸总是进房来，搂着他。

丽贝卡就在楼上。他想要爱她，而且几乎是可能的——可是总有什么东西将他绊住，能感觉却看不见的东西。他人生的时时刻刻都感觉着这东西，如同一双手臂将他往回拉，将他拉离那想要摧毁他的幸福。

他想着，过一会儿我们就在阳台上吃饭。并且纵然他们会在彼此的臂弯里度过这一夜，他依然会渴望她。

他从餐馆慢慢往回走，想起在何时产生这种不同于欲望的感觉。是在博物馆里，她在小孩的遗骸前留连。他看得出来，她大有悲戚之状，那个时刻，他觉得与她最亲近——他知道她能理解他。她料想到令他备尝孤寂之苦的事端。她能感受到那个决定他一生的冬天。

十九

丽贝卡离开地铁站后,乔治又坐下,点了一支烟。他又抽噎了一会儿。她的香水味勾留,越发叫他觉得失落。

地铁进站来。乔治站起身,走向前去。

人们匆匆自车厢下来,挤过他身旁。他生起一股冲动,想摔倒在地上,任人践踏,但他只是退到站台边,又坐了下来。

他聆听脚步声渐渐消逝。

一个男人停下脚步,在口袋里翻寻。

远处又驰来一列地铁。他眼前的站台上空无一人。轻易往前冲去。然而在内心深处,他知道这只是醉后的冲动。因为就像俄罗斯套娃,大小正好一个套住另一个,真实清醒的乔治静静地躺在最里头——余下的都是按照那个真正的自己仿造的。

天黑后,他觉得冷,便决定朝城中心的北边走去,那个散布着废弃房子与瘾君子的危险区域。那种地方,连警察也只在边缘地带巡逻。

乔治走了两个小时才到那里。一走进迷宫般逼仄的巷子,他便停住脚步,在地上躺下。他买来的小瓶伏特加已空,再也走不动了。

有几个人影。他们似乎十分缓慢地向前移,直待将他团团围住。他掏出钱包,朝他们掷去。一些人影敏捷地前去捡起,另一些人影拽起乔治,推到墙上。

拽着乔治的影子说了些希腊话。暗处有人发笑。然后他感觉眼睛受了一抢重拳。他看向黑暗,睁着眼,意识到每一记重击之下,闪烁着一丝隐微的银光。有东西砸在头上,接着后背受了一下捶击。尔后,失去意识之际,他听到一个熟悉的声音。

乔治醒来,躺在一间黑洞洞房间的床垫上。有人坐在旁边。他转过头,眼前递来一杯水,他接过来,手拿不稳。

"是我,乔治,"科斯塔科说道,"别怕,你在这里很安全。"

"出了什么事?"

"你往我这里来的路上,被人打了。"

"被人打了?"

"是的,挺厉害的。"

"我怎么知道你住哪里?"乔治问道。

"我给过你地址。"

"可我没有拿。"

"别去想这个,我给你缝了几针。"

"缝了几针!"乔治说道,"我去医院了?"

"没有,没有,在另一段人生里,我做过医生。"科斯塔科说道。

"你是医生?"

"所以他们才没杀你,因为没有我的话,他们嗑多了,打架受了伤,就没人帮他们。所以我在这里还有些分量——不过也不重。你要知道,他们要是神志正常,就不会在这里了。"

"我在哪儿?"

"我跟一些没恶意的吸毒鬼一起住的地方。"

乔治睁开眼:"你怎么不穿我给你的西装?"

"卖掉了,"科斯塔科说道,"换钱买酒。你是最该理解的。不过,乔治,你的慷慨让我感动。"

乔治躺下。他们又说了一些话,随后他便睡着了。他想象丽贝卡在做什么,回想他们在一起的那一夜。她匀和的呼吸,静谧的眼神。晨光尚未勾勒窗棂。为早餐与眼前的一天而欢喜。

这一切,乔治想着,恐怕再不能拥有。

早上,他见房间里还有十二个人,但科斯塔科不在其中。他蹑足迈过沉睡的躯体,每一具身躯都睡在一张床垫上。他爬出当作前门的底层窗户,挂破了西装衬里。回家途中,他在车窗上照了照伤口。他摸摸脸上的针脚,科斯塔科说会自行消失,不需拆线。一只眼睛肿得厉害。他每走一步,都试图回想与丽贝卡在站台上的最后谈话,仍然觉得不能明白,她何以毫不含糊地肯定从来不是他的女朋友。他一面想她,一面往柯洛纳基广场高雅却空落的公寓走去。

他在床上躺下,但愿很久很久不要醒来。

二十

接下来几日,丽贝卡画出一些素描,觉得有些满意。她的铅笔在画纸上轻滑,心头回想与亨利在阳台上相处的时刻。

每画好一幅画,丽贝卡便去冲凉,洗净身上积聚的汗水。她开始觉得孤单。

她坐在阳台上,想母亲。

傍晚,暑气消散,丽贝卡吸着烟,想象母亲下了班回家去。熠熠闪耀的高跟鞋敲打着铺着瓷砖的地板。煮食物的味道。电视发出的声音。她的男朋友还没有回来。他跨骑带挡风玻璃的摩托车。她脱去高跟鞋,穿着丝袜站在微波炉旁。一只昂贵的劣质皮夹子,装着一些零钱、口香糖。丽贝卡思忖她们是否长得相像。

她母亲寄来的最后一张圣诞卡片是六年前的。她带到雅典来。她的名字里缺一个字母,不过大声念出来的话,听起来还是像"丽贝卡"。她姐妹也收到一张,认出信封上的字迹,没有拆就扔了。

次日,丽贝卡画最后一张市场上推音乐车的老人,发生了怪异的事。她的铅笔不再描画老人褴褛的外套、苍老的面庞,而是自个儿划动起来。就像初生的动物,在笼外学走步,她任由自己的手谨慎缓慢地在纸上描下它自己的想象。她失了神,几分钟后,才意识到画的不是推音乐车的老人,而是亨利公寓对面祖露上身的男子。凭印象说,她的画极像远远看见的人——只是缺少她画出其他对象时引以自豪的亲近感。

薄暮为雅典城遍洒藕色光芒,丽贝卡在煎锅里煮了几尾小鱼,在一口碗里捣碎鹰嘴豆,调上柠檬汁、盐、油、芝麻酱。冰箱里还有半瓶酒,丽贝卡只穿了亨利的白衬衫,拿着冰凉的酒瓶到画室,喝水似的对着酒瓶喝,眼睛看着画儿。

她想着,亨利若在此时出现,带了酒和香烟来,该有多好。然后她脱光衣服,上床睡去。

次日早晨,丽贝卡在阳台上喝牛奶,一边凭记忆画裸着上身、站在沸水锅前的男子。她停笔去煮咖啡时,决定她的画展主题是现代希腊的悲剧。

这祖露上身的男子将是她的第一个对象。

她急急穿好衣裳,将铅笔装进盒子,拿带子绑在画架上,又往带子间夹些画纸。正是闷热无比的午间,但她背上画具,出门去城市另一端。

在地铁上,她的脑子回想最早记忆里的时刻,其中一段是与她母亲一起的。

她们在家里,母亲从巴黎回来过周末。

一天夜里,丽贝卡睡不着,蹑脚走出卧房,见楼下亮着一盏灯。当时她必有六七岁了。母亲在沙发上吸烟。丽贝卡探头往门里张望,母亲绽开微笑。

"过来。"她说道。

丽贝卡记得自己慢慢朝她走去,担心母亲极有可能随时打发她回楼上。

她在翻看一本画册。

两人一起看画册。屋里安静极了。丽贝卡希望姐妹不要醒来。

"看这张,"母亲说,"颜色很好看吧?"

丽贝卡点头,母亲翻过书页。

"丽贝卡,我以前画的。"

"我也会画画儿。"

她缓缓吸了口烟。

"这张真好看。"丽贝卡说。

"我妈妈最爱的,"母亲说,"在你出世以前很久,她就死了。我自己也不太记得起她的模样。"

丽贝卡点头。"可你不会死的,是吗?"

母亲熄灭烟头。

"谁知道呢。"

她们又看向画册。

"我喜欢这一张,"母亲说,"我非常非常喜欢这一张。"

丽贝卡直愣愣地看着这幅画。身穿漂亮粉色裙子的女孩躺在草地上,远处有一间村屋。

"她想逃走,还是想回家去?"丽贝卡问道。

"都是,"母亲柔声说道,"她既想逃走又想回家。"

她吸一口烟,将烟灰径直抖落在图上,合上画册。

有时候,孩子虽刚从那个柔软与手势的静寂世界里被放逐出来,他们小小的内心,却能感受大人的话语,他们虽无力做些什么,却能完全理解语言这层帷幕之后的意义,这些意义便如皮影戏里的人影。

丽贝卡虽从未说起她在那个时刻的感觉,对姐妹也不曾说,但她敢肯定有些事很不对劲。在往后的年月里,她盼望母亲,而真相却是,她盼望的不是她这个人,而是这样一个人的概念——没有那种吓人的东西,她当时太年少,还不明白那是疯病。

走进袒露上身的男子的公寓楼是极容易的,因为大门半开着。人们回家来午睡。街上,小孩光着脚丫骑自行车。

丽贝卡爬上通往他前门的楼梯。

孩子声音的回音已听不真切。

她抵达他的楼层,听不见孩子的声音,也听不见远处车流低沉的鸣声,更无别的声音——只听见自己的喘息,每迈上一级台阶,画架便轻叩一声。

楼道里蒸汽沉沉弥漫。他的门上用蓝笔画了两个名字。丽贝卡侧耳聆听,听得见他在屋里走动。

她举手敲门。

脚步声止住。但没有动静。

她正思忖他会不会来应门,便传出一个声音。

"找谁?"

"你好,"她说道,"你好,先生。"

门开启。

他袒露上身,热腾腾的蒸汽涌入楼道。

"找谁?"他说道,口气缓和了些。

丽贝卡绽开笑颜,举手比划,示意想进门去。他一时立着不动,然后缓缓侧转身,让她进门。她却僵立着,一下子觉得晕眩。

二十一

亨利是少年考古学家。

九岁那年,他挖到一块状似斧头的燧石。父亲带他去斯旺西大学。他们向人打听考古学系,被指引到一栋高大的水泥楼,楼外杂乱停放着数排自行车。

一个长发男生问他们是否迷了路。亨利拿出燧石,好似这个就是证明。那学生瞧着这块石头。

"你有预约吗?"他问道。

"没有,"亨利的父亲说,"我们想就顺路来看看。"

"这个嘛,我建议你去找皮特森博士的办公室,"那学生甩了甩一头长发,"他懂这种东西。"

皮特森教授那时年轻得多,不过在九岁的亨利眼里,他是年纪很大的。他拿着放大镜细细鉴定这块古物,然后透过放大的眼睛看着亨利。

"我能断定这块石头很古老,"他说道,"我能问问你几岁了吗,年轻人?"

"九岁,"亨利说,"其实,九岁半。"

皮特森教授将放大镜搁在一方毛毡上,又看了看这块文明的遗物。

"我想它的年纪恐怕比你大多了。"

"我就知道，"亨利兴奋地说，"跟恐龙一样老吗？"

"更老，"皮特森教授毫不犹豫地说，"你这块古物曾用来捕猎它们呢。"

"捕猎？"

"哦，是的，"皮特森教授说，"不但为了吃肉，还要它们的皮。"

"皮？"

"古人是绝不浪费的。"

"我该拿它怎么办？"

"只有一个适合它的地方。"

"哪里，教授？"

"你的卧室，搁在防护玻璃罩下。"

皮特森教授将燧石递还给亨利。

父亲立起身要走。

"其实，"亨利说，"我想把它给你。"两只小手将石头捧到教授面前。

皮特森教授红了脸。

"你该留着，亨利。"

"可你不需要它做研究吗？"

"可是，亨利，是你发现的，它属于你。"

"可是，要是它这么宝贵，不也属于每一个人吗？"

皮特森教授接过燧石，摆在桌上。

"请坐下。"他对亨利的父亲说。

"过些年，这年轻人长大后，你来找我，我想帮他完成学业——要是那时他还对这些感兴趣的话。"

"我一定会的。"亨利接茬道。

"谢谢您的好意，教授。"亨利的父亲说。

"这与好意无关，"皮特森教授敛色道，"我需要像你孩子这样的人。有信念的人。"

亨利的父亲转过头去。此时，他的妻子应该在贮物间，坐在地毯上。他们回到家时，她已经出门去了，在房子远处的原野上游荡。

父亲会煎些蛋，烤几片面包，亨利会在一旁看着。两人一起坐在电视前吃。

皮特森教授拿起燧石，安置在装满老邮票的烟灰缸旁。他从西装背心口袋中掏出一把钥匙，打开书桌后的玻璃柜。柜里摆满奇形怪状的东西。他小心地拿出一只恐龙蛋化石，转过身来。

"拿着，"他说道，递给亨利，"我像你这么大的时候，我的父亲给我的。现在它属于你了。"

接下来十二个圣诞节，威尔士一幢亨利度过童年的双拼小房子，每年都会收到一只盒子，内装这一年的考古书籍和杂志。

然而，大约三年后，亨利便知道，那天下午在花园里发现的只是一块状似斧头的燧石。

他将这个发现写在信里，告诉皮特森教授。当时他在中东。一个月后，亨利收到从遥远的地方寄来的明信片，印着他不认识的文字。

Mosquée Ste. Sophie.   Constantinople.   آيا صوفيه جامعى

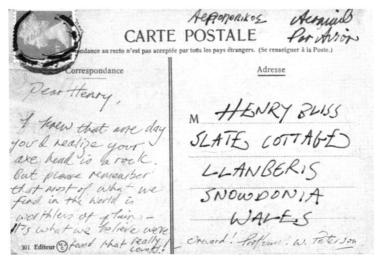

AEPOΠOPIKOE   Aerial
CARTE POSTALE   Par Avion
...ndance au recto n'est pas acceptée par tous les pays étrangers. (Se renseigner à la Poste.)

Correspondance   Adresse

Dear Henry,

I knew that one day
you'd realize your
axe head is a rock.
But please remember
that most of what we
find in the world is
worthless of plain —
It's what we believe were

M HENRY BLISS
SLATE COTTAGE
LLANBERIS
SNOWDONIA
WALES

301 Editeur   and that really
counts!   Onward! Professor W. Peterson

亲爱的亨利：

我知道有一天你会知道，你的斧头是一块石头。但是你要记着：我们在世上发现的大多数东西是毫无价值的，最要紧的是我们相信我们发现的是重要的东西。

加油！

W. 皮特森教授

亨利·布利斯

板岩屋

蓝贝里斯

斯诺登尼亚

威尔士

二十二

雅典城外，悬绝的高山上，烈日下，两个身影俯在一张桌前。

"真邪门了，"皮特森教授说着，把放大镜递给亨利，"我有种奇怪的感觉，这可能是吕底亚文字。"

"这好像不太可能。"

教授说的是一只餐盘大小的铁饼。

这天上午，亨利的心思不曾落在工作上。他的英国老牙科工具刮着土，却只是刨出更多关于丽贝卡的疑问。大约十一点钟，亨利在盥洗池中洗了手，踩着踏板汲水。教授从帐篷内走出来。

"我们这就拿铁饼去大学里，"他说，"吉瑟普不在，只能这么办。"

"我去吃午饭。"亨利说。

"好，好，我们一块儿去济戈斯餐馆吃。"

皮特森教授的车，在雅典车道上占据了前所未有的优越地位，这辆最破败的汽车引擎滚烫，哐啷哐啷地奔驰着。

这是土褐色的雷诺16，教授说买它时，他还有头发。他开着这辆车行了一百三十万英里，大多数里程是在中东大沙漠中累积的。教授说，里程表在一九八三年就坏了，一九八九年开始倒退。等到归零的时候，教授说，他就在保险杠上系条丝带，把它送还给雷诺公司。

仪表盘里团着缠绕的电线（其中一根还带电），仪器上蒙着厚厚的灰尘，看不见读数。松弛的软垫顶上钉着一些照片，拍的都是这辆车停在欧洲和中东著名的考古挖掘地的照片。教授说，这车丰富多彩的经历，胜过他认识的任何一个人。它在埃及陷入沙丘，靠骆驼把它拉了出来。从伊拉克边境逃到土耳其东部，挨了两颗子弹。当时车顶绑着一尊半吨重的雕像，是皮特森教授从窃贼那里偷来的，而窃贼从海盗那里把它偷来，海盗又是从国际军火走私贩那里偷来的。结果这尊雕像是赝品。

在白雪皑皑的波兰比斯库平，老雷诺滚下一道小小的堤岸，几乎压扁了一个波兰考古学家，令这位考古学家逃过劫难的是她的考古热忱——她挖的坑够深。老雷诺在尼日利亚被偷，当日下午又被窃贼抛弃，因为窃贼发现整个后座趴着一只十四英寸大的巨人巴布蛛。

教授坐在车里，脚踩刹车，亨利撤去支在车轮下的砖块，那是防止车子滚下山崖的。

车子缺失几块车窗，天窗在一九八六年非洲雨季时生锈，破了个洞。

教授拿毯子和吊床将行李厢变作柔软的巢穴——倒不是要睡在里头，而是给载运的古物一个安全的栖息处。教授爱夸耀后座运载过的各色各样的古物，就像少年人吹嘘追到过多少女孩子。

他们冲撞着下了山，不曾开口说话。尔后轰隆隆滚过铁桥，教授才开口，喋喋不休。亨利只听得见引擎声，还有皮特森教授踩下刹车时，车底发出的古怪的碰撞声。

在城外第一个红灯前停下，亨利终于听见了教授说的话。

"我这车里发生过杀人蜂灾，你知道吗？"

亨利回答说不知道,不过疑心这是玩笑,绿灯亮了。

下一个红灯,顿时又听见教授的话音。

"……好几只刚出生。刚刚生出来的!"

一转过绿灯,教授便横穿过六车道公路,惹得别的驾车人勃然大怒,然后陡转下一条巷道。他开起车来凶险极了——在雅典,这意味着他很安全。他虽年过八十,在希腊却很能入乡随俗,无视每一个重要的红灯,只在对面冲来一辆车时,才会退出逆行车道,超过另一辆较慢的车。

教授晃荡着雷诺拐进另一条更窄的巷道,一个人影从停泊的车后走出,踏进路中。雷诺的挡泥板猛地撞在他身上,亨利从余光中瞥见一具身体跌倒在人行道上。

教授滑向一侧停车。亨利忙不迭地推开车门,奔到跌倒的躯体旁。这男子身穿皱巴巴的茶色西装,一边胳膊下的衣服被扯裂了。亨利旋即屈膝伏身,进行从急救课上学的例行检查。这人还活着,有呼吸,不过,似乎没有意识。他的一只眼圈有乌青,脸上还有针缝的伤口。

"神哪,瞧瞧他,"教授说道,"我都干了什么?我的神哪,我的神哪。"

"得等他清醒,跟他说说话,我才能确定他是不是伤得厉害——或者我们送他去医院。"

"我的神哪,"教授说,"太荒唐了。"

"我知道。他的脸剐伤了。"

此时,倒在地上的男子苏醒了。他深深地吸了口气,忧郁的目光落在立在上方的两个人身上。

"我出了什么事，是不是？"他说道。

茴芹、茴香、葡萄干混合的气味——乌佐酒的调料，冲得皮特森教授和亨利一阵退缩。

教授用手肘推了推亨利，用嘴形说着："他喝得烂醉。"

"是的，"教授说，"你出了事。"

"你会说英语？"亨利问这男子。

"我的车戳了你一下，"教授打断他的话，"你闯到了路上，知道吗？"教授俯身，"我感到非常非常抱歉，老伙计。"

这男子试图坐起来。

"不，不，都是我的错，"这男子自认道，"酒精。"

"你喝醉了？"亨利问道。

这男子似乎没听见。

"你觉得哪里疼吗？"亨利问道。

"我想跟平常差不多。"这男子答道，露出怪笑。

亨利和皮特森教授搀他站起。他自我介绍说叫乔治。他的裤子也扯裂了，破口处有血迹。

"真抱歉，我们差点撞死你，乔治，不过跟我说，"亨利说，"你脸上这些淤青、针脚是怎么回事？"

"哦，这些亲爱的呀？"乔治满不在乎地说，"常见的误会。"

"你去过医院吗？"教授说道。

乔治摇摇头。"用不着——人类躯体能经受比这更糟糕的呢。"

"那么，乔治——我是皮特森教授，在雅典挖掘的考古学家，跟你说，我在这所大学里有些房间。我们这就去那里。这个亨利，他有急救证书的,会帮你好好包扎,确保你不需要照 X 光。"

"你们要是真觉得我需要照顾,"乔治说,"我就跟你们去。"

亨利挽着乔治坐进雷诺长长的后座。

"这后头脏死了。"乔治咕哝道。

"亨利,你不介意来开车吧?"教授说。

"这后头为什么这么脏?"乔治又说道。

"听说过尼日利亚巨人巴布蛛吗?"教授说。

"没有。"乔治说道。

亨利从车镜中看着他——不是怀着漠然或解脱,而是满怀超越此刻的怜爱,仿佛在瘀青的眼睛和颤抖的嘴唇之后,他能看见这个世界早已遗忘的另一个小男孩。

二十三

　　皮特森教授的办公室是校园里最凶险的地方。书籍堆得有十来尺高,险象环生,往四面八方倾斜。叠得最高的那一堆上,半空中挂下一张条子:

　　　　脚步请迈得非常缓慢,不然的话,我可能会不事先打招呼,就倒在你身上。

　　屋里有三张橡木书桌,桌上搁着银行家台灯,教授喜欢开着台灯,人不在时也亮着。他的大书桌上贴着成千上百张便笺纸,纸上写着重要思考的详细内容或补漏拾遗。墙上一幅硕大的地图,布满钢笔字迹,扎着千百枚大头针。几只烟灰缸里积满了烟斗灰,房间里弥漫着浓重的知识味儿:旧纸、灰尘、咖啡、烟草。

　　"这是我理想中的家。"乔治说道,跟着亨利绕过层叠的书堆,走向一张残损的美人榻。

　　"像博物馆,是不是,乔治?"

　　"该摆在博物馆里的博物馆。"乔治说。

　　"别介意这坐垫,"他们到美人榻前,亨利说道,"这长榻原是波兰公主的,教授说他爱慕过她。"

"那他怎么只得到她的长榻?"

"谁知道!"亨利说,"我想象不出皮特森教授跟女人在一起的情景,除非是木乃伊。"

"你们常在一起,这样真好。"乔治说道。

"是啊,我们一起工作嘛。"

"那就更好了。"

"你还没长大的时候,他是怎么样的?"

"长大?"

"你母亲也跟着来?"

"我母亲?"

"我是说,到考古挖掘地?"乔治热心地问道。

"没有,"亨利迷惑不解地应道,"我母亲从不来我工作的地方。"

"就是说,就只有你和你父亲。"

亨利笑起来:"皮特森教授不是我父亲,乔治。"

"不是?"

"嗯,在某种意义上——他是像我的第二个父亲。"

"看得出来,"乔治说,环顾房间,"看样子,你这里没有喝的?"

亨利瞅了他一眼,眼神略带责备:"兴许等我给你包扎好了再说。教授有些单一纯麦。"

乔治在破损的美人榻上坐下。

"要是你想给我看看膝盖,还是把裤子脱了吧。"

乔治没吭声,开始脱裤子。

"我把衬衫扣子也解开，"乔治说，"我觉得后背好像擦破了。"

"好的。"

"我在流鼻血吗？"

"看起来倒没有。"

乔治脱下裤子，露出细直条纹平脚内裤，不过仍穿着黑色牛津皮鞋、黑袜、吊袜带。亨利打开标有红色十字的锈蚀铁盒，拿出脱脂棉、纱布、棉花棒和消毒剂。他轻按乔治腿上的伤处。

"这些地方肿得厉害，"亨利说道，"不过我想用不着照 X 光——除非你哪里痛得厉害，瞒着我们。"

"痛得厉害？"

亨利抬眼看着他。

"有什么部位痛得厉害吗，乔治？"

乔治犹豫片刻。

"倒没有。"他说道。

"那我就给你消消毒，包起来。"

"你怎么会这些？"乔治问道。

"在医学院花了两个学期看躯体。"

"那你不止上过急救课？"

"呵，教授喜欢这样打趣。"

他用纱布包扎乔治的膝盖，亨利的手缓缓拂过乔治的腿，这碰触使乔治的呼吸渐渐舒缓。亨利的动作带着怜惜，乔治觉得飘飘然又昏昏沉沉的，不自觉间便睡着了。

乔治睁开眼，见亨利坐在榻旁的椅子上，凝神看他。

"你梦见了什么?"亨利问道。

"我不记得怎么睡着了。"乔治说着,挣扎坐起。

亨利打开数盏落地灯,在教授的生锈炉灶上煮咖啡。煮好咖啡,亨利找来教授的单一纯麦,掺入咖啡。

"你在这里的美国考古学院念书?"亨利轻声问道。

"没有,"乔治答道,"我两年前大学毕业,想早些开始读博士。"

"你从美国哪里来?"亨利问道。

"从肯塔基州莫里斯郡来,"乔治说道,"你要是喜欢森林草地,会觉得那是个好地方。"

亨利叫乔治再说说他的家乡。乔治的嗓音柔和。亨利闭上眼睛,想象树木摇晃、河水清粼,接着夏天来了——酷热得很,苍绿的原野紧密相连,如同紧捏的拳头。

"听着像天堂。"亨利说道。

"几乎是天堂了,"乔治说,"不过,我小时候多半住在东北部的寄宿学校。"

"美国还有寄宿学校?"亨利问道。

"是啊,"乔治说道,"制服什么的都有。"

亨利指指乔治的脚踝。"我喜欢你的吊袜带。我也有一双,不知道到哪里去了。"

乔治又要威士忌。

亨利把酒瓶拿到榻前。他对着酒瓶喝了一口,递给乔治,他对着酒瓶长长吸了一口气。

"那你在这里做什么,乔治?"

"除了喝酒、伤心?"

"还有被车撞倒。"亨利加上一条。

"探索古语言的浩漫领地。"

"有意思,"亨利低语,突然若有所思,"我给你看样东西?"他奔到教授的书桌前,找来抄有铁饼文字的纸。

他把纸递给乔治:"看得懂这个吗?"

乔治细看一番。"说实话?"

"是的,说实话。"

"看不懂。"乔治说。

亨利露出失望的神情。

"因为这个看着像吕底亚文字,"乔治说道,"那可是极难翻译的。"

午后的光芒逐渐转为金色,两人安静地翻阅有数百年历史的词典,立志要在教授回来之前把文字翻译出来。

亨利打开收音机,海顿《忠贞的回报》咏叹调伴随书页的翻动。他们只有在吸烟、喝咖啡时才挪动身体。

倘若乔治和亨利不曾时时离题,阅读有趣却无关的章节,翻译本不必花费这么长时间,但是他们觉得那些段落非常好,非要与对方分享不可。

乔治把亨利喜欢的句子和段落抄在橙色笔记本里。

乔治喜欢眼不离书页,高声念他喜欢的离题文字。

亨利静静聆听。乔治的声音让他觉得好似荡漾在人生之外。

他睁开眼睛,朗读声已止。

"感觉我们是失散多年的兄弟。"乔治说。

　　一小时后,教授冲进门,见乔治和亨利睡在榻上。乔治直挺挺地坐着,亨利半躺在乔治身上,头枕着他的肩膀。

　　乔治先醒来。教授傲慢地倾睨着他。他手里拿着乔治的翻译,亨利先前钉在门上的。

　　"我希望,乔治,"皮特森教授一面说着,一面点烟斗,"你明天没别的安排。"

　　"明天?"

　　亨利醒来。

　　"我想你大概愿意先去看看从现在起要工作的地方。"教授继续说道,噗噗地抽着烟斗。

　　烟草嘶嘶作响。

　　"工作的地方?"乔治说。

　　"好极了,"皮特森教授说道,"就这么定了。欢迎加入这个家。"

二十四

丽贝卡与袒露上身的男子相对站在玄关。闷热异常,他的胸膛和肩膀汗涔涔地闪着光。丽贝卡卸下背包和画架。

"你会说英语吗?"她问,"法语?"

她希望他会示意她进屋。

"一点儿,"他终于开口,"一点儿英语。你要什么?"

丽贝卡解释说,她是那个他送鱼的外国人的朋友。她说自己是画家,想给他画张像。

她来雅典虽没有多久,却已明白要欺瞒希腊人是白费心机。这可是他们在特洛伊打胜仗之前便练得纯熟的技艺。

丽贝卡解释道,她从窗口看见他。他似乎并没有因她的要求而生气或难过,只是站着,静得出奇,看着她,目光凝滞。他的拖鞋后跟已磨损。公寓里的收音机在响,播放古老的歌剧。

"你真的是画家。"这句话的语气,叫人拿不准是陈述还是疑问。不过他侧身,让她进去,她便进了屋。

他的公寓空落落的,只有几把草编椅、一台老电视机,屏幕厚厚地蒙着灰尘,还有一把工业用扫帚。收音机摆在电视机上。干净的毛巾折叠着,摆在墙角桌上,一把椅子上搭着几条脏的毛巾。她听见厨房传来热水的翻滚声。丽贝卡暗忖是不是该问问为什么煮这些毛巾,他却突然开口解释说,这些毛巾是附近一家临终护理院的,有人去世,这些毛巾就得沸煮干净。

他指指一把椅子,示意她坐下。他走进厨房去,水龙头叽吱作响。他端了一杯水回来。

"喝吧。"他说。

他歪头看她一口气饮尽杯中的水,然后把杯子送回厨房。墙壁被香烟熏得发黄。唯一的装饰是窗旁挂的一幅画,蒙克《风暴》的复制品。身穿白袍、蒙着面纱的人影在暮色中跑进旷野。丽贝卡觉得,这个男子的人生是迟缓的坠落。

心中的思绪牵掣痛苦。

他又端了一杯水来。她拿起饮尽,搁下杯子。他在一旁看着。然后他问她从哪里来,童年是怎样过的。她说:"我母亲抛弃了我们。""跟我说个快乐的时刻,"他说,"为我回忆一个快乐的时刻,我就让你画。"

她便任由自己坠回过去,直待貌似散乱无章的记忆从人生中抽出一张明信片,她说起旧钢琴的故事,她和姐妹在海滩上发现被潮水冲上岸的钢琴。那时她们还是小女孩,欢欢喜喜的,与外祖父在连天落雨的多维尔度假。次日,钢琴没了,被潮水带回海里。她难过极了。夜里外祖父找来几张纸,叫她把钢琴画下来,用记忆把它找回来。

祖露上身的男子像弹奏空气中的琴键一般比划了一番,然后点起香烟。他把烟盒递给丽贝卡,二人一起吸烟。

丽贝卡立起画架,打开铅笔盒,觉得手指发颤。

他仍祖露上身,皮肉松垮垮地耷拉在肌肉上,这些肌肉仍显露出年

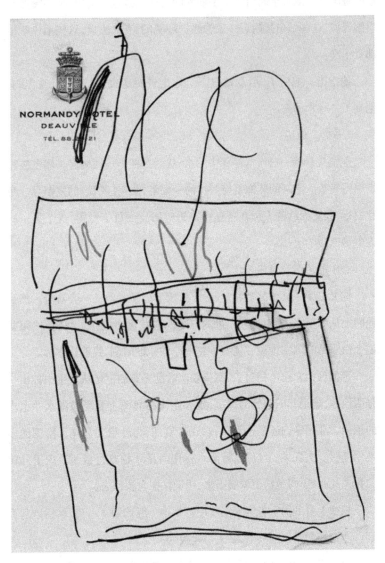

（丽贝卡画冲上岸的钢琴，六岁）

轻时精壮的体格,就好似一件美丽的东西刚开始腐朽。他的脸不曾好好刮过,颧骨高耸,几近尊贵。

一个小时的沉默后,他问能不能再抽支烟。丽贝卡搁下铅笔,两人一同点燃香烟。

"我不幸。"他说。

"你说什么?"

"发生了悲剧。"

"我明白的。"她说。她的悲剧缓慢绵延,而他的只需几秒钟。

"这是我的命。"他说。

"我为你难过。"丽贝卡说。

"是的,"他说,"像俄狄浦斯——这是我的命。"

他又点起一支烟。

"你不能改变命运。"他又说。

丽贝卡点头。

"早就定了的,你知道吗? 像天气。"

丽贝卡又点头,扬起眉毛,好似她这才懂的一般。他似乎很满意,走进厨房,往饥饿的沸水锅中投入毛巾。几分钟后,他回来坐下。

"我好了。"他说。

丽贝卡暗忖自己不相信命运。她相信发生在她身上的这一切,都是由她一个人造成的。她思忖,倘若真有命运这种东西,母亲便是无可指责的,她注定要抛弃女儿。

但这不是她的命运。

这是她的决定。

命运是给那些颓丧、自私、头脑简单、迷失、永远孤单的人的——渺远的光,永远不会趋近,也永远不会彻底消失。

袒露上身的男子是个好模特,身体只是偶尔打瞌睡似的痉挛。又过了两个多小时,他伸出手指按在嘴边,示意吸烟。

"抽烟?"

"好的,"她说道,"抽烟,我快画好了。"

丽贝卡拿起亚麻围巾擦拭脸上的汗水。他没有出汗,皮肤虽泛着汗意,反衬出一头粗硬的黑发。

这男子拿香烟的手势,就像捉着一条虫子。烧到烟头时,他也不熄灭,只是把烟头平放在当作烟灰缸的茶碟里。

丽贝卡画下最后几笔,示意他过来看。

"不。"他说道,摇摇手指。

"你不想看我给你画的样子?"

"不,"他说,"你看这里有镜子吗?"

丽贝卡四顾,为自己的一时虚荣而困窘。

她揭下画纸,喷上定型胶,以免画面被弄糊。她收拾起画架,这男子又给她端来一杯水。

"想再画我的话,你再来。"

"我会的。"她说。

他要她保证一定会再来。

她动身离开,他的手在她肩头一搭,又松开。

"等等。"他说着,跑进公寓去,丽贝卡拉着门。她听到橱柜门砰然关闭,他随即回来。

"拿着这些。"他说,把几张纸塞到她手中。

丽贝卡低头看这三张儿童画。每一张画上,太阳都占据着整个天空,地上的人像小棍子,四肢的线条粗短。花朵与人一般大小,耷拉着花冠。汽车在背景里颠簸,开车的人也是棍形的。

"我也喜欢做艺术。"

丽贝卡看看这些画,竭力想说一些合适的话。

他误将她的沉默当作惊叹。

"你很好心,"他说,"你再来,我给你再做一些。"

丽贝卡走上凉爽的街道时,天色已晚。她的胳膊下夹着画,她第一幅严肃的作品。

二十五

她在亨利的阳台下徘徊片刻,希望他碰巧看到她。不过天气凉爽,坐了那么久之后,稍微走走大概也很惬意。

传来一声呼喊。

"丽贝卡!"

"嗨。"她应道,抬头看去。

"你做什么呢?"

"你何不下来接我上去?"她说道。

"好的,我先穿上衣服。"

"不用下来了,亨利,我这就上来。"

另一个阳台上突然传来吼声。

"快点决定! 我孩子正要睡呢。叫他来接你,"这个声音命令道,"你这个年纪了,不该再追着男人跑。"

一对护窗板砰然关闭。

她走进公寓楼,等电梯下来。电梯到时,亨利在里头,穿着睡衣。

"跟你说过了,我就上来。"她说。

"可是那人……"

他们到他的楼层,房门开着。丽贝卡听见卫生间里传来水流声。她把画架和画搁在沙发上。亨利解释他在洗衣服上的血迹。

"哪个标本活过来了?"

亨利笑了,她随着他走进卫生间,浴缸边沿搭着一件衬衫。他蹲身跪下,揉搓起来。丽贝卡在旁边看着。

亨利关了水龙头,讲起事情的经过。

听完后,丽贝卡去拿来盐和柠檬。

她碰了碰亨利的后脑勺,他的头发很柔软。她轻抚他的脖颈与肩膀间的肌肉。她思忖究竟能不能真正了解他,他们的契合能否为她的人生赋予形式,或者,他是否像这夏天,会在所有夏天的美丽和忧伤中消散。

未来无从得知。有时她觉得她会向他敞开心扉,可他说了些话,抑或情绪微妙地变化——她又猝然关闭。

他们把湿漉漉的衣服晾在阳台上。衣服上的血迹处,淡淡痕渍宛在。

听她讲述袒露上身的男子,亨利很感动。他用冷羊肉片和塔查吉基酸奶黄瓜酱,给她做三明治。

"我觉得好像他一直在等我——好像他一直在等有人去画他。"

亨利点点头。

"不过我要走的时候,"她接着说道,"我才明白他让我进屋的原因。"

丽贝卡给亨利看三张孩子气的画。

"耶稣,"亨利说道,"这是什么?"

"他也是画家。"她说。

亨利把画递回给她。

"他跟我说,他相信命运。"她说。

亨利讪笑:"他当然信了,不过事实上大概只是因为他妻子走路没留神。懦夫才相信命运。"

"我现在倒不这么想,"丽贝卡说道,"你知道那男子究竟遭遇了什么?你知道眼睁睁看着你爱的人死在眼前的感觉吗?"

亨利的眼神蓦地阴沉。

"对不起。"

"没关系,"亨利说道,"毕竟是很久以前的事了。"

"你不必这么说。"

"你什么意思?"亨利厉声道。

"我是说那就是你。"

亨利抓起酒杯,砸在地板上。有那么一会儿,他只是站着。然后他跨过碎玻璃,走进卧室。

丽贝卡找来扫帚,轻手收拾玻璃片。她思索刚才发生的事。十分钟过去。她见亨利站在门口。

她继续清扫。

"我吓着你了?"

她点头。

"你会告诉你妈妈,我竟是个疯子?"

"不会,"丽贝卡平静地说,"因为我和娜塔丽七岁时,妈妈抛弃了我们。"

"娜塔丽?"

"我姐妹,我不是跟你说过……"

"她抛弃你们?你父亲得抚养你们长大?"

"我们从没见过父亲。我妈妈不肯告诉我们,所以没有安护窗板的法国房子,没有花园水管,没有酒窖,没有老雪铁龙。我们跟外祖父一起住,我们彼此照顾。现在她跟了哪个混蛋跑到法国南部去了,我在这里给你扫碎玻璃。"

亨利看着,兀兀愣愣的。

"不是就你一个人有悲剧。"她说道,哭了起来。亨利搂着她,轻拥着她走进卧室,他们在黑暗里躺着。

几个小时后,丽贝卡的人生如一桩桩事件的模型,在他们眼前铺展开来。

亨利永远不会确切地懂得,她回忆人生中这些时刻之际,究竟是怎样的感受,但是这股想要知道的欲望,正是因为他开始真心在意,这是他从前未曾与哪个女人有过的。

后来,他泡了甘菊茶。夜已深,花瓣在沸水中舒展。他们在茶里加了蜜,慢慢啜饮。

后来他们亲吻。她的项链勒着他们的嘴唇。月光洒在床上,苍白的光华令他们身心澄静。

他们沉沉睡去,不曾做爱,却比以往更接近。

护窗板敞开,软风迟滞,侵没雅典城,灌注卧室,拂弄书桌上的物件,触摸一切,却又无所触摸,好像在寻找它已不认得的东西。

丽贝卡醒来,暗忖过了多久。她转身看亨利的睡容。他的面容随她的眼神翕张。

丽贝卡思索母亲是否也曾与父亲这样躺在床上,感觉这样一种幸福。她想象与亨利一起在爱琴海滚热的水中游泳。她要带他去爱琴纳岛。他的手扶着她的腰,引她在水里游。游泳后,感觉他凉凉的棕色皮肤——仍然湿淋淋地沾着水珠。

她想象带他去法国,带他回家去。

一丛檫木。

果园。

电话铃就要响起。

外祖父带着年迈的迟缓切洋葱。

门后挂着装袋子的袋子。

一块儿坐在花园里,兴许姐妹也会回来。

各色芝士。花园里摘的李子。

开车行驶在 A11 高速公路上回巴黎。在车里说英语。

在卢浮宫的庭园漫步。那是她一直向往去的地方,却从来鼓不起勇气走近巴黎市中心,生怕碰见母亲。

脚下的砾石嘎吱作响。

无所事事的兴奋劲儿。

新买的凉鞋。

冰凉的大理石台阶。

薄暮中瓷青的天空云卷云舒。

在巴克街上的旅馆里一起洗澡。

就像感觉更浩大的东西，壮美又强大，好似伟大的历史事件在他们周围悄然铺展。

发生在一个人身上的事，每一个人都能感觉到。窖藏的时刻来了又去。她必得付出一切，以求生存。

可是她沉落。

如同一尊雕像从架上坠入自己的投影里，丽贝卡一头栽进睡梦中。

二十六

早晨,感觉就像另一个人生。

窗帘静止,缓缓映出红光。

睡眠竟将她的思绪涤净。

她睁眼看见满室红光,透着清晨的气息。亨利趴着睡,手掌朝下搭在被单上。

他睁开双眼。

他看着她,不曾微笑。

"你在这里。"他说。

"我?"

"我一直在等你。"

丽贝卡将手搭在他的前额上。"你在做梦?"

亨利猛地坐起。

"你在做梦?"她问道。

"不知道。"他说。

"做噩梦了?"

"不知道。忘了。"

"能不能告诉我,是不是做噩梦了?"

"是的，我想是的。"

"睡着时感觉的情绪真有意思，"丽贝卡说着，别过头去，"我好奇死后是不是也会感觉到这些情绪。"

时间尚早，他们不必急急赶着出门。

约九点钟，他们跨上小黄蜂，汇入车流，驰过公寓楼和工厂建筑群，在剥落的桥梁下穿过，途经生锈残破的汽车，路过高高生在巉岩上难以靠近的果树，来到旷野上，沙土炽热，草木被烤焦了。

丽贝卡头倚亨利的后背。她能从他的身体上感觉到引擎的颤动。她觉得乏极了。梦境必定不曾令她安睡。

她仍穿着画袒露上身的男子时穿的衣衫。她想象他在厨房里煮毛巾。临终护理院的小卡车送来脏毛巾，取走干净的。下一回就画这个。热气腾腾的水锅。她琢磨着如何画出水蒸汽。她寻味爱德华·霍珀的《夜游者》，他描画玻璃的曲弧时，又是怎样与手中的画笔挣扎的。饮料机冒着蒸汽。他画这幅画的那一天在下雨。他一定是喝着咖啡时画的。他的妻子乔，在隔壁房间沉睡，一条腿搭在床单外。他的笔触应和她的呼吸。

他们抵达挖掘地，雷诺还没有来。亨利停下车。他们摘下头盔，带入帐篷。

帐篷内阴凉又幽暗。人类的遗物躺在箱内，似在沉睡。

亨利从塑料桶里汲了一杯水，递给丽贝卡，再汲了一杯自己喝。

"昨晚的事，我很抱歉。"他说。

丽贝卡思忖片刻，说道："暴露了很多事呢。"

亨利轻手搁下杯子，说他觉得与她更亲近了，胜过他与任何人曾有过的感觉。

"跟我做爱。"丽贝卡说。亨利将她抱起，放在长凳上。

他们听见雷诺一路铿锵有力地朝帐篷驶来，他没有停下。

"亨利，我听见有声音。"

"别担心，他们得找砖头垫在车轮下。"

帐篷外，与他们的做爱场景相断裂的世界，丽贝卡听见一扇车门被关上，然后传来两个遥远的声音。

一个声音是教授的，另一个声音轻些、年轻些，语气少些果断。

事后，他们急急穿上衣服，丽贝卡侧耳聆听外头的声音。亨利缓缓吻她的嘴唇。

"谢谢你昨夜告诉我小时候的事，"他说，"来，去见见差点被我们撞死的天才。"

二十七

丽贝卡掀开帐篷帘子，一时被阳光刺了眼。

乔治见到她，停下脚步。他的脚下升起尘土。

"丽贝卡？"

丽贝卡朝乔治走去，双眼眨个不停，却在几步外停下。

"你这是怎么了？"

亨利走了出来。

"乔治！"他说道，"这是我的女朋友。"

教授摇摇头："我大概是老了，可是这也太让人摸不着头脑了——乔治好像认识丽贝卡——就是说，我们早就都认识。"

亨利错愕道："你们怎么会认识？"

乔治只是眨巴着眼。

"嗯……"丽贝卡接口说道，"我们做朋友有一阵子了——几乎是我刚来雅典时就认识的。"

"你怎么从没跟我说起过他？"亨利佯装责怪。

"我说过的，"丽贝卡说，"美国人。"

"天哪，"亨利笑道，"你说的就是乔治？"

乔治瞪眼看看周围的面孔，不能完全明白究竟是什么意思。

他们全都看着他。时间过去，乔治隐约意识到，凭借某种奇怪的巧合，他新人生中的两个主要人物，他最在意的两个人，为了澄清他们自己，不久就只得把他抹去。他感觉孤寂在咬噬自己。他想念新罕布什尔的墓园，渴望墓园中冷静的质朴。断折的阳光照进果园。远处连绵的海，溯洄着往生者的名字。

乔治跟随教授走进帐篷，露出惨淡的微笑，但亨利伸手拉住他的胳膊。

"我不知道她已经有男朋友了，"乔治说道，"她没跟我说过。"

亨利只是看着他。"我们过会儿再谈。"

"好的。"乔治说。

"我不希望我们的友谊受影响。"

乔治喉咙中拳结的愤怒松弛下来。

"我只是有些难过，"乔治说道，"我真的……"

"我知道，"亨利说道，"我们试试看，会解决的。"

早上余下的时间，教授不时地说，乔治和丽贝卡竟然认识，这有多巧。

午饭时，他接着道说他一生中遇见的巧合，一九七四年在西奈山沙漠中如何碰上几次极其复杂的巧合——他至今没有琢磨出究竟，犹自困扰着他。

乔治礼貌地笑着。

早上一半的时间里，丽贝卡都待在亨利的坑里，看他带着不懈的希望刨土。然后她去帐篷里看乔治。

"嗨。"她说道。

"嗨。"乔治应道,没有从词典间抬头。

"你还好吗?"

"不怎么好,"乔治说道,"不过,看得出来,你为什么会喜欢他。"他抬头看着丽贝卡。"换作我的话,也会甩了我,去跟他好的。"

"哦,乔治,我从没甩了你。"

"我知道,"乔治叹气道,"我们虽然睡过,不过从来没有在一起。"

丽贝卡想碰碰他的手,又害怕他会说出更不好听的。

"况且我还没打算戒酒。"他说道。

丽贝卡走到帐篷外。

这一整天里,乔治研究各式各样的碎陶片、盘子。他频频查阅书籍,用洗净的石头压着书页。每隔半小时,教授端来热茶和健胃饼干,站在乔治背后探头看他的翻译。

喝茶时,皮特森教授称赞乔治的工作相当出色。下午三点整,教授给每人倒了一些酒,停下手中的工作。乔治狠狠地一饮而尽。教授又给他倒上,说道:"悠着点儿,乔治。"

丽贝卡和亨利看着他。

帐篷外,天空渐暗。

"很久没看见这样的乌云了,"教授说道,从一面掀起的帘子里望出去,"可要落一场糟糕透顶的暴雨了。"

"要是下雨的话,明天坑里会湿透吗?"丽贝卡问道。

"可能不会,"皮特森教授答道,"阳光很快就会把坑晒干的。不过,因为种种原因,情况不怎么理想,我是下不去的——事实上,这就是原因了,我命令你们仨跳岛玩去。"

"跳岛?"亨利问道。

"那些托盘怎么办?"乔治问道,"还有那么多没有做。"

"这些古物大概在这里躺了二千七百年了,乔治。我想再多等一天,对它们来说没有多大关系——不过事实是,对你有关系的话,对我也是有影响的,要是这样说得通的话。"

"你真的放我们一天假?"亨利问道。

"是的。我还会付你们工钱——你们所有人。"

"我也有?"丽贝卡问道。教授点头。

"有什么阴谋?"亨利问道。

"没有阴谋,"教授眨眨眼,"我得离开雅典一天,你们几个好好熟悉起来,回来好找出吕底亚女人余下的骨头。"

他们吃过饭,这时,乌云已笼上帐篷。

雅典不再是远处的一窟光明,已变成须从记忆中召唤的地方。

他们正缚扎帐篷帘子,雨点打到帐篷上,敲出轻软的声音。

"到雷诺里去!"皮特森教授喊道,"撤退。"

"我骑摩托车,你带上这两个吧。"亨利提议道。

"把车先留在这里。后天我来接你——这天气,你骑那车会撞死的。"

他们挤入雷诺16,撑开两把雨伞,那是教授专门存放在后车座,用来抵抗自天窗掉落下来的任何东西——雨、雪、火山灰。

引擎劈啪作响,然后便熄了火。皮特森教授又转一转车匙钥,接连数下爆燃,车子动了起来。

"我们滑下山坡,但愿上公路后,它会正常发动起来。"

驶回雅典是再轻巧不过的。大多数汽车已避到道旁。只是挡风玻璃结实地蒙上了水汽,教授只得要乔治脱下一只袜子来擦拭。

他们驶近亨利的公寓,教授问乔治要在哪里下车。

"让他跟我们一块儿下。"亨利说道。

"可我真的得用功看书了,"乔治反对道,"我该回家去。"

丽贝卡双唇一颤。

"现在我们都在这里头了。"亨利说道,看着丽贝卡,"我想你可以把这称之为命运或者什么的。"

乔治望着外面被水淹没的世界。在玻璃的反射里,他看到一个男人的轮廓,寥寥数根线条,悬挂在光影和坠落的雨点中的鬼魅。尚且不顾所有已发生的事,眼前这个人生是还不曾决定的,每一个时刻还不曾决定,幻觉还不曾将这个人生与过去的时刻相连。

二十八

教授在马路牙子上停下,粗重的雨点急急坠落。

"男孩们,后天六点整见。"教授喊道。

"六点?"亨利抗议道。

"当然,"教授坚定地说,"我们得补回浪费的时间。还有你,亲爱的,"他说道,向丽贝卡伸出手,"真高兴你来。"

丽贝卡亲吻他的面颊。他们下车,奔入亨利的公寓楼。教授突突地移车而行,缓慢至极,致使后面的出租车慌忙转避,险些撞在电话亭上,一个男人和一条狗在里面避雨。

进入公寓,他们坐在厨房餐桌前,拿毛巾擦头发,亨利在煮希腊式咖啡。丽贝卡扭开收音机。收音机接收杂音最少的电台在播古典音乐。

"这是《法国组曲》里的曲子。"乐声充满公寓之时,乔治说。

"什么?"亨利问道。

"这是巴赫的《法国组曲》。"

"那把音量开大些。"亨利说道。

他们脑袋裹着毛巾聆听。

"真美,"丽贝卡说道,"似乎把你这闷热的公寓变成维也纳华丽的宫殿了。"

"你说呢,乔治?"亨利说道,递给丽贝卡一支烟,"她这是瞎掰呢,是吧?"

乔治耸耸肩:"我想我该回家了。"

丽贝卡点点头。

"别,"亨利说道,"请你别走。"

乔治盯着地板,挪动双脚。"你们俩很适合——看得出原因。你要我在这里干什么?你又不欠我的。"

他站起来,亨利挡在他面前。"不要走,"他说道,"我想要你们俩都留下。"

乔治拿起包。

"我他妈的是认真的,"亨利吼道,立在乔治面前,"我确实想要你留下。我知道这很自私,乔治,可是我们试试看,把问题解决——不要因为一个诡异的巧合就抛弃我。"

"这很难,"乔治说,"我压根儿没有想到会是这样。"

丽贝卡接口道:"你也没有失去任何东西,乔治。想想看——你有我的友谊,现在又有亨利的。"

"我不知道——我觉得好像失去了什么。"

"是的,"亨利说,"你失去了孤单的借口。"

"可我怎么觉得更孤单?"

亨利摇摇头:"可你有我们俩。"

乔治终于又坐下。

"想象一下,倘若这事结果还好的话,我们会有多么快活。"亨利请求道。

乔治点点头，只是似乎不信服。

"你说过我像你失散多年的兄弟，"亨利说道，"那只是鬼话？"

"不是。"乔治说道。

亨利将双手搁在乔治肩上。

"那就让我来照顾你——从今往后，千百个午后，我们一起看古老的书。"亨利说着，转头对丽贝卡说："我要照顾你们俩。"

乔治低头看着双手。

他们坐着，聆听雨声。

"你干吗不现在就开始照顾我们，带我和乔治出去吃晚饭？"丽贝卡最后开口说道。

雨水自阳台滴落，汇作涓流，涌入铁箅子。原先落在排水沟里的橙子，现在撞着铁箅子浮浮沉沉。倘若想知道雨是否停了，唯一的法子就是看过往车辆的雨刷。

乔治的衬衫仍然湿漉漉的，不能穿出去，亨利进屋另找了一件。几分钟后，他拿来一件单扣纽白色棉衬衫。

"这是一个很特别的人送的礼物，我刚从干洗店拿回来。我想你应该穿这件。"

"好的。"乔治说道，细细瞧了瞧。"这牌子是我最喜欢的。"

"那你穿着肯定合身。"

乔治挤进衬衫。

丽贝卡在旁边看着。

喝光两瓶希腊葡萄酒，他们乘缓慢的电梯下楼。亨利建议，因为这天气，也是方便明日大早赶船去某个小岛，他们都该在他这里留宿。

"我们真的要去?"乔治问道。

"当然去了,"亨利笑道,"我们又年轻又自由,多么美好。"

"我们三人像这样在一起,感觉怪怪的,"丽贝卡说道,"好像这世间只剩下我们三个人。"

乔治在摊前停下,买了一大罐啤酒。另外两人等着。然后丽贝卡慢慢迈步。

他们默默走过狭窄潮湿的街道。穿拖鞋的男人站在商品寥落的店铺门口,朝他们点头。

穿过主干道时,又下起雨来。先是缓重的雨点,接着细密连珠。

雨忽止,阳光照过高渺的云层。亨利转头说了些话。天光极亮,他们的阴影一时重叠。

他们周围,火与冰的星辰倾斜,以超乎想象的速度转动。

二十九

亨利指向眼前的霓虹灯牌。

"我们在这里吃吧。"他说道。

雨急急落下，他们跑向餐馆。

这是一家又小又脏的餐馆，桌上铺着塑料布，吊扇缓缓旋转，不锈钢橱中托盘上摆放着肉块。餐馆的脏污是在时间中积淀的，那种欺瞒过主人的眼睛、悄然蔓延的脏污。

他们拣了一处角落，坐在一对夫妇旁。女人身穿奶白色棉衬衫，胸脯紧绷。她的丈夫穿着黑 T 恤，衫上印着 JOHNNY BOY，AMERICAN LEGEND（男孩约翰，美国传奇）的字样，字下绣着骷髅头，镶着亮片。

侍者打开大灯，男子 T 恤上的骷髅头映着灯光，活了起来，咧嘴嬉笑。

这对夫妇面前来了一盘菠菜芝士馅酥卷。餐馆里充满菠菜和热芝士的气味。侍者下唇稳稳地叼着烟，身子一趔趄，香烟便随着一晃，那情形就好像他并不是侍者，而是杂技演员，在表演吸烟和端菠菜芝士馅酥卷这样的特技。

亨利虽然每周到这里吃一次饭，但当地人和店员待他仍然很冷淡。

侍者写菜单时，手在颤抖。在亨利的建议下，侍者答应给他们来一盘他自己推荐的拼盘。侍者离去后,餐馆老板——高挑魁梧的薄嘴唇女人——来到他们桌前,问他们喜不喜欢希腊音乐。

乔治用希腊语跟她要三杯拉克茴香酒。女人瞪眼看着他,嘴角弯出一抹微笑。

"你下过功夫学希腊语,"她说道,"我有比拉克酒更好的东西给你尝尝——你从来没喝过的,你们谁都没有喝过的。"

她进了厨房,片刻,灯光暗淡,喇叭中传出缓慢、悲楚的布祖基弦乐。几个当地人放声笑起来。

"她是专给我们放的?"丽贝卡问道。

"恐怕是的。"乔治说道。

然后她端来三杯红色的酒。

"桑椹拉克,朋友们。"

"他们也一人一杯。"

"干杯。"乔治说道,一口饮尽杯中醅醅的红色酒浆。

亨利啜了一口,啐了出来。

人们笑起来。

"见鬼,这是什么东西?"

"大概是她村里的。"乔治说道,用希腊语向那女人喊话。她用英语答道:"来自克里特岛。"

"我喜欢,"丽贝卡说,"像血一样。"

接着她端来一些食物。

"这可以让我们暖和起来。"亨利说道。

"瞧我,浑身还湿漉漉的。"丽贝卡说道。

柜台前两个希腊男子转过身来瞧他们。

侍者头上顶来一大托盘热腾腾的羊肉。

"我们明天五点钟起床,乘地铁到皮里亚斯港。"亨利一边建议,一边把食物舀在丽贝卡和乔治的盘中。

"太早了点儿,"丽贝卡说道,"我先去洗手间。"

她走开时,乔治站起身来。

"好绅士。"亨利说道。

"只是习惯。"乔治害羞地说。

亨利怔怔地看了他片刻。

"我会照顾你的,乔治。"他说道。

"谢谢。"乔治说道。

"我们给你找个喜欢这红东西的漂亮希腊姑娘,怎么样?"

丽贝卡从洗手间回来后,他们默默地吃,不太说话,聆听音乐。亨利结过账,他们穿上外套。雨已停,街上很炎热,但很清爽。

三人没有径直回亨利的公寓,而是循着布拉卡区的街巷漫步,到处是游客,购买雪花石膏胸像、皮凉鞋。细路泥泞,雨水从油布上滴下,落在浏览商品的人们身上。

一个男子猛地在他们面前出现。

"这里有个很好的地方。"他说道,手指着一幢破落的建筑。

"什么样的音乐?"乔治问。

"希腊音乐。"男子粗鲁地说。

"伦贝蒂卡民谣?"

"是的。"男子答道。

"我不信。"乔治说。

"你叫什么?"男人粗暴地问。

"乔治·卡文迪什。"

"我说,乔治先生,我是跳传统希腊舞蹈的,舞步很不错,"他说道,"今晚这地方的歌曲就是伦贝蒂卡。"

"你是说哈塞匹克。"乔治坚持道。

"不,不,不,"男子正色道,"传统曲子,伦贝蒂卡。"

刚进入一道门帘,迎面便是台阶。他们拾级走上数级逼仄的台阶,经过坐在硕大收银台后的女人。餐馆内极幽暗,照明的只有舞台上的地灯。

大约有三十张餐桌,但只有两三张桌前坐了人。

"我可是头一次到骗游客的地方。"亨利悄声说。

"我可不是,"乔治说,"我刚到这国家,就被骗被抢的。"

舞台上撒着玫瑰花瓣。朝餐桌走去时,丽贝卡顺手捡起一些花瓣,装在亨利和乔治的衣兜里。

"待会儿有更糟糕的,"乔治微笑道,"不过他们会把我们灌醉——要不然,我们不肯付账。"

"伦贝蒂卡是什么?"丽贝卡问道。

"那是所有音乐中最美妙动听的,"乔治解释道,"简直是化学。"

"我们要听的就是那个?"亨利问道,同时坐下。

"我想不太可能,"乔治说道,"这个时候,大多地道的地方都散了,他们通常在游客不去的地方——空市集或者工厂多的街区。"

"你都是怎么知道这些的?"亨利问道。

"因为我几个月来独自在这些街上晃荡，"乔治答道，"着实遇见一些厉害角色。"

亨利、丽贝卡和乔治已不记得究竟喝下多少杯自制的酒浆——因为长饮一口后，便有一只毛茸茸的胳膊伸过桌来，酒杯还没有空，便已被续满。

弹布祖基的人终于下了舞台，走到观众当中，亲吻拥抱每个允许他这么做的人，娴熟地把布祖基琴抱在一侧。亨利、乔治、丽贝卡也轮流拥抱他。

接着出来唱的是个异装癖。他从架上拿下麦克风，甩着金发，朝前排的老男人抛媚眼。乔治告诉亨利和丽贝卡要趁机离开，因为还有五场表演，并且已经很晚了。他们都赞同。往肚里塞满松脆的巴克拉瓦酥饼后，他们走出了餐馆，茫然无措地立在街头，点燃香烟。已是凌晨两点半了。

"我喝醉了，"丽贝卡说道，"你不介意的，是不是？"

亨利一手拥着她："除非你介意我也醉了。"

"克里特岛的火酒，"乔治高声说道，"他们在山里造的。我上回喝这个，还被撞倒了呢。"

"这大概就是你能活下来的原因。"亨利说道，笑弯了腰。

丽贝卡抓紧乔治和亨利的胳膊，稳住身子，却仍禁不住地摇晃。

"我想我们该找辆出租车。"她说道。

正如酒酣之时会发生的事，一辆出租车突然停在他们身旁，接着他们似乎都坐进车内，开往他们自己也不记得如何去的地方。

在出租车里,亨利不曾闭口。他拍拍司机的肩膀。

"那是我兄弟,后头坐着的。"亨利硬着舌头动情地说道。

司机点点头。

丽贝卡告诉亨利她是怎样遇见乔治的,她怎样看见他,觉得他很有意思。乔治承认她跟他说话时,他不敢相信是真的。

他们在亨利公寓的街角下车。乔治的胳膊搭在亨利肩上,两个男人一起迈步。

"我醉极了,"亨利说道,"醉极了。"

"不醉都不行,"乔治说道,"喝那么多。"

"你不介意我在出租车里说的话吧?"亨利说道,"我知道你是美国人,可是管他娘的,至少年龄正合适。"

"谢谢,"乔治说道,摸索香烟,"我都喜欢。"

在亨利的公寓楼外,丽贝卡停住脚步,抬头看月亮。

"快要圆了。"她说道。

"快要圆了——我美丽绝妙的空气女主人,"亨利说道,"你该比我们都懂月亮的,因为你好些年在天上飞来飞去,像流星一样。"

"我们进去吧,"她说道,"我快倒下了。"

"她真的?"乔治问道。

"她真的什么?"亨利应道。

"我不知道,"乔治说,"她真的?"接着两人都笑了起来。

他们在厨房里坐了些时候。乔治喝光了剩下的酒,与亨利说起人类遗骸。

"亨利会说很多有趣的事,就是不太说自己,"丽贝卡对乔治说,"是不是这样?"

"我的人生没那么有趣,"亨利含糊答道,"我很抱歉,我不完美。"

"我不相信他。"乔治说道。

"他不有趣?"丽贝卡问道。

"不是——他很抱歉,"乔治说道,接着放声大笑,"我们又在说什么呢?"

凌晨四时,丽贝卡说再也睁不开眼睛了。她亲吻两个男人的面颊,走进亨利的卧室,关上房门。

亨利起身倒水喝,也给乔治倒上一杯。

"来,男孩乔治——我给你铺床。"

亨利到玄关的柜中取来床单和枕头,带着酒醉的迟钝铺床。乔治站在窗前,望向外面。又落起雨来,除了雨声,再无丝毫声息。

远处驶来一辆出租车,减慢了速度,接着便消失,快得来不及去记忆。

"你瞧怎么样?"亨利说道,看着他给朋友暂搭的床铺。

"你该去宾馆工作。"乔治说道。

"是啊,我确实这么觉得——这倒提醒了我,明天早上,我得借你一条游泳裤。"

"晚安,兄弟。"乔治静静地说。

亨利笨拙地靠向他的朋友,拥抱他。有一会儿,他们就那么站着,纹丝不动。

"晚安,晚安。"他柔声说道。

丽贝卡已入睡。

她的衣服摆在椅上,按照脱下的次序叠放。亨利脱下衣服,摆在她的衣服上。

他滑进被单,有一双手抚上他的后背。

他闭上眼睛,丽贝卡的身子在被单下挪动。他仰面躺着,虽意识到她,却是在另一个梦境的阴影里。

三十

　　他们到皮里亚斯港的时候,比原先的计划晚得多。观光船大多已去了各海岛,港口空空荡荡的。

　　几个甲板水手在吸烟,消磨时光。一条狗翘着尾巴跟随着他们。空气咸津津的。香烟亭的老头在打盹。收音机开得极响,但似乎无人留意。

　　他们站了几分钟,四下环顾。

　　"我有种感觉,我们错过船了。"亨利讪笑道。

　　丽贝卡提起一只脚,调整凉鞋带子。

　　"我们该怎么办好呢?"丽贝卡问道。

　　"我去找售票口,"亨利说道,"兴许还有船。"

　　乔治点头道:"好主意。"

　　他走开后,丽贝卡说饿了。

　　"我们一会儿去吃午饭。"乔治说道。

　　"不行,我现在就得吃点儿东西。"她说道,一面撑着肚子。

　　"你没事吧?"

　　"我真的不能再喝了,乔治,真的不能了。"

　　"我帮你戒掉。"

两人都笑起来。丽贝卡指指一个小市场,有人在卖装在柳条篮中的水果。

"我们去那儿买点什么。"

柳条篮旁有一匹摇摇马,马的颜色被临海广场上急转而来的风吹得剥落。

他们买了一袋水果,三瓶水。

乔治正为丽贝卡扭开矿泉水盖子,只见亨利边挥手边朝他们跑来。

"快来!"他喊道,手比划着,"船长停船等着我们。"

狗见人们在奔跑,便吠叫起来。船上约有十二个乘客。他们坐在橙色椅子上吃桃子。

然后,乔治借故离开,去找卫生间。他锁上门,关上窗户,从口袋里掏出小扁壶伏特加,一口气喝干。他爬回甲板,浪涛开始有些起伏。船驶过浪头,水花冲击船身,溅到甲板上。

丽贝卡一手拥着亨利,浅吻他的面颊。

"我觉得有些内疚。"她说道。

亨利转头看着她。

"为什么?"

她展开笑颜。

"你为什么这么想?"

乔治立在船舷边,眼望大海。趋近陆地时,他察觉有只手碰了碰他的手。

"你独自在这里做什么?"是丽贝卡。

"想事情。"

丽贝卡转头看亨利。

"他在这里想事情。"她喊道。

"他想太多了。"亨利也喊道。船开始减速。

乔治怅然一笑。

"我觉得你是艺术家。"她说道。

"我?"乔治惊道。

"你可能是伟大的天才,连自己都不知道。"

乔治笑起来。顿时,甲板上似乎只剩他们三人。

"万物的自然是理性的时候,便把他的力量赋予每一个理性存在,我们从他手里得到的其中一大官能就是:正如自然将每一个障碍或对手扭转,以命定的形式将它们安排在适当的位置,融进自身之中,因此我们理性的人也赋有这样的力量,将阻碍转变为自己的素材,利用它开始我们自己的追求。"

"你在说什么,伟大的演说家?"丽贝卡说道。

"他在说世间原无错误,"亨利说道,"鞠躬,乔治。"

乔治鞠了一躬,他们泊入未知岛屿的小港。

三十一

船头轻吻船坞上钉的老卡车轮胎。亨利解说，因为这岛屿的地理位置，爱琴纳岛在古时曾有赫赫威势，但是爱琴纳人和斯巴达人结盟后，希腊人便有了借口将他们除掉。

"这里也有铸币，"他又说道，"显然欧洲最早的铸币是在爱琴纳岛铸造的——上头铸着小乌龟——你们要是拾到的话，一定要给我。"

船坞上，渔夫坐在倒扣的水桶上缝补渔网。老妪在男人们身后，拿手机跟儿女通话。

"还有什么?"乔治问道。

丽贝卡笑逐颜开："还有干渴的开心果树，使得地下水位每年降低好几英寸。"

亨利疑惑地打量她："你怎么知道的?"

"坚果长在树上?"乔治问道。

"纪录片里看的，飞地中海的法航飞机上都放的。"她答道。

他们下了船，走上熙攘的市场，一路挨着爱琴纳的两条主干道。广场上人潮拥挤。黑色装束的小个子女人推着板车，从他们身旁走过。

"我们在这里买些吃的，带到海滩上去。"丽贝卡说道。

"太好了，"乔治说道，"我去买水果。"

"我们有水果了。何不买些鱼呢?"丽贝卡说道。

"鱼挺好的,"亨利说道,"我去买那种小型烧烤架——要不然,午饭可得吃寿司了。"

"我去看看租电动车的。"乔治说道,指着一排破烂的电瓶车,上头立着出租的牌子。

一长溜电动车,只有两辆还管用。丽贝卡坚持自己骑一辆,乔治和亨利只得同骑一辆——两人的体重将车子压得低了些,出租公司的老板不太高兴,不过他见丽贝卡自己要骑,又觉得逗趣,便叫他们不能骑得太快。亨利与乔治轮流驾驶。

他们不时在乔治和亨利认为可能具有考古意义的地方停下。

过了几个多礁不适合游泳的浅湾,丽贝卡发觉一处看似隐蔽的海滩。地图上不曾标示这片海滩,只是一片高峭崖壁。往那里去的路也算不上路,不过是晒得焦黄的岩石间踩出来的小道。他们在颠簸的小道上骑得极慢。眼前到了高低不平的悬崖山道,乔治说他宁愿走路,也不想被这个英国考古学家载着寻死去。丽贝卡赞同这个好主意,他们便徒步半个小时,攀下陡峭的崖岸,望见断崖底下掩着一片海滩。他们也望见洞穴入口,乔治说,午饭后他们去这些山洞探险。

"电动车在上面,不会有事吧?"亨利说道,收住脚步回头看。

"为什么? 你付了押金?"丽贝卡戏谑道。

"嗯,确实付了,还挺多的。"

"那就没关系了。"她笑道,招手叫他们加快脚步。

"但愿吧,"亨利说道,"为你好。"

悬崖上的沙细软异常，沾在脚底足踝。往下爬了二十分钟后，他们才抵达一块岩礁，海滩便在眼前全部展开。远远望去，沙白似雪。

终于到了海滩上，乔治掷下食物包、毛巾，褪下衣服，只穿了棉休闲裤下的游泳裤——亨利借给他的。他跑进海里，飞快地游向深水。

亨利踩进清澈的水浪中，感觉想把全身淹没的冲动。他涉进深水，捏着鼻子，往后仰倒。水将他吞没的一秒钟，心头的思绪松散，这些深掩的思绪，他一向有所意识，却不能明说，心头一句不肯终止的语句，犹如掉落的线轴上松散出来的丝线。

几秒钟后，他从沙底浮起，以极大的浮力冲破水面——好似受了神圣的洗礼，以便迎接即将来临的一切。

游了一会儿，一次性烧烤架上散发出章鱼和沙丁鱼的烧烤香味，诱得亨利和乔治游回岸边。他们腿上裹满了沙，像面粉似的。他们把切开的柠檬汁挤在章鱼奶白色的身躯上。

午饭后，丽贝卡缓缓走进海中。

亨利坐起，望向大海。"也许幸福就是在适当的时候找到适当的人。"

"可你怎么找着他们?"乔治说道。

"撞上就好了。"

乔治忽然有了兴致。

"可是你说找到适当的人——你又如何能够爱得不叫他们窒息?"

亨利似乎有些犹豫。乔治接着说道：

"没有他们时，你积攒下所有的爱，这下子全堆在他们身上，又怎么能够不叫他们呛死?"

亨利思索片刻。"你不会呛死他们,"他说道,"这就是其中的全部意义——跟别的人在一起是不一样的。"

他俩读了一会儿书,睡了一会儿,醒来时,见丽贝卡仍在海里。他们蹚进海水,仍闲散地说着话,游向她憩息的礁石。乔治游得更快,拍打着水花。

"我一直在远处爱你。"亨利说道。

她的嘴唇绽出微笑,眼睛却没有变——似乎在此时此刻之外的遥想中勾留。"我在想事情呢。"

亨利轻抚她的脸颊:"想什么?"

乔治来了。"过阵子再告诉你。"她说道。

"我想,我们可以绕着游过这里。"他说道。

他们游进一个洞穴,通往一处更开阔的地方。这里的沙暗沉且结实。没有太阳晒着后背,洞里阴寒逼人。他们的话音越发被衬得响亮分明。洞壁的隆脊,如同口腔内壁。

洞穴内回响每一个浪头的潮音,阳光漏过岩石缝隙,投下片片黄色光束。

他们说着话,过了一个小时,往洞穴更暗更开阔处游去,洞内更阴寒,水更深,水里密密地长满生命,拂过他们的腿脚。他们仰面躺在冰凉湿润的沙上,尔后潮水袭来,卷过他们身上。他们逆潮往海滩游回来,游回斜阳下杂乱一堆的东西旁。他们不曾多说话,收拾东西归去。

攀到悬崖顶上,乔治和亨利找到电动车,默默朝路上推去。正当他们骑上车子时,丽贝卡忽然停下。

"我想再看一眼过得好快活的地方。"她说道。

他们转过身,再次走到悬崖边。

丽贝卡挽起乔治的手。"我好欢喜,我们终于好起来了。"她说道。

太阳徐徐沉入远处的礁石后。万分静寂,他们默默伫立了片刻。

"我这一生中,"亨利开口说,"一直觉得错失了什么,原分配给我的幸福总是落在不远处,停在我触摸不到的地方。我一动,它也动,总是在远处,又不是远得叫我免于苦恼,我还是能够感觉幸福会是什么样的。

"可是,现在有了你们,"他说着,转向乔治与丽贝卡,"我觉得现在换我来挑战死亡了。幸福与我交换了位置,现在它为了生存追着我跑。

"从此刻开始,不管发生什么事情,"亨利宣告道,"在这里,在这个地方,我始终有一个打败悲伤的胜利时刻。"

"我在想我们还会不会再来。"丽贝卡说道。

"我想会的。"乔治说道。

浪涛拍打悬崖。

回雅典的船上,丽贝卡沉入无梦的酣睡。

乔治和亨利说着明日的事,在静谧的薄暮中,船往雅典飞掠而来,眼前的光芒越来越近,越来越光亮,看得他们心神荡漾。

三十二

亨利的公寓温暖且幽暗。天尚不晚,只是他们都乏极了,也无话要说。从皮里亚斯回来的地铁上,丽贝卡又睡着了。乔治答应若有更换的衣服穿,便住下来。教授明日一大早就要来接他们的。

亨利开始煮茶,茶煮好时,丽贝卡和乔治却已睡着了。厨房里弥漫着薄荷味。亨利喝了一杯茶,回想这一日的景况。他先看了看乔治,然后走进卧室,悄无声息地脱下衣服,躺在丽贝卡身旁。

一辆摩托车驶过,天又闷热起来。

玄关的灯光照进来,落在床上,像一道脊梁骨。

亨利转身亲吻丽贝卡,却见她醒着。

她看着他,抬手触摸他的脸庞。

"我爱你。"她说道。

"我也爱你。"

他询问他朝她游去时,她在想什么。

她迟疑片刻:"能不能明天再告诉你?"

亨利微笑道:"跟乔治有关的?"

"不是,跟你我有关的。"

亨利急切地眨眼。

"可是，今晚不说，亨利，等明天吧，我们单独一起的时候。"

"我想我们可以今晚说，"亨利说道，"不然的话，我明天会担心的。"

丽贝卡碰碰他的胳膊。"我们能不能等等?"

"乔治睡熟了——我去看过的。"

丽贝卡闭上双眼。亨利忽地转身，面对窗户。

"你生气了?"

"有点儿，"亨利说道，"你要是有话要说——说出来。"

"我害怕。"

亨利转身看着她："我从小就跟怕开口说话的人度过——所以，你要是有什么话要说，说出来，丽贝卡。"

丽贝卡坐起来。

"那么?"亨利说道。

"乔治真的睡着了?"

"他睡死了。"

丽贝卡双手捂着脸："这件事很严肃。"

"不管什么事——我是你的，"他说道，"现在我爱你。"

"我怕要是告诉了你，你会离开我，我就会落得跟我母亲和姐妹一样的下场。"

"什么意思?"

"意思是说，我怀孕了。"

亨利脸色一沉。

"至少，我想是的。"

"怎么样?"

"例假没来，我做了个检查，"她说道，"结果是阳性的。"

"天哪！天哪！"亨利说道。

丽贝卡伸手碰他，但他避开，退进自己的世界。

"亨利。"她柔声说道，但他似乎听不见她的声音。"亨利。"她又唤了一声。

"太可怕了，"他说道，"好可怕，你会恨我的。"

丽贝卡掀开被单，走到窗前。她立在那里，一个阴影轮廓，映衬着星光。

"我想得跟你说一件很可怕的事。"他说道。

"那就说给我听。"她冷冷地说。

在那一刻，亨利直觉想要拥抱她，然而对于弟弟的记忆猝然将他压得不能动弹，弟弟不是在睡，而是死了。父母拿着剪刀，拉扯他的身子。

亨利唯一抱过的孩子，已不再活着。

丽贝卡看着他哭泣。她终于靠近，而他逃进卫生间呕吐。然后他静静坐在瓷砖地板上。

他回到卧室，决心将一切说出来，丽贝卡已经睡着，天快亮了。

亨利爬上床，紧紧拥抱。她张开双眼，绽出微笑。

三十三

教授说话算数的,六点整抵达公寓楼。汽车引擎极响,仍在远处时,亨利就听到它从街道另一端驶来,便急急起床穿衣。大半个清晨,他一直很清醒,眼睛瞪着窗户,望着天光渐亮,过往车辆的前灯掠过时所形成的鬼魅狐形渐渐消散。

亨利走出卧室,乔治已装扮齐整。

丽贝卡仍在酣睡。身子半露出被单。

亨利想象一个生命在她体内生长。

他知道这样的事可以在几个小时内解决,就如噗的一声吹熄一支小蜡烛一样。他忖度这是否是她想要的。

离开公寓前一刻,他希望丽贝卡会醒来,他要向她保证,他们要一起商量解决这件事。但她没有挪动,亨利便任她睡着。乔治打开门,脸上被微微晒伤了。

"丽贝卡不去?"

"她还在睡。"

往山里去一路上,无人开口说话,皮特森教授便打开收音机。天空灿烂异常。乔治摇下车窗。

倘若有孩子,他们会住在哪里?她会在法国生孩子?孩子若是死婴,可怎么是好? 倘若孩子生下来就缠作一团,可怎么是好?

这一切在一年内就会发生。

亨利的头脑中盘旋着没有答案的问题。

大约离挖掘地一英里时,教授吹起口哨。他在滚滚飞尘中刹车。

"孩子们,谁去捡砖头?"

乔治要去。砖头垫到车轮下,亨利下了车,走向黄蜂摩托车。仪表盘内凝结了水汽。他轻叩玻璃。

一条狗叫唤一声,弟弟最后一次睁开双眼。

上午的大部分时候,亨利一声不吭地待在坑里,懒懒地刨着泥土。

他知道,晚些时候会去看她。无论怎样都要做出决定,两人都会按照这个决定去做。

然后,午饭前不久,亨利的另一面浮现出来——比起眼前的他,那一部分的他在人生中走得略远。在他心里,他看见自己穿着粗呢夹克,走在摄政公园的小径上,美丽的星期天,他推着婴儿车,孩子吃吃地欢笑。他想象汽车里满载东西,去威尔士过夏天。在绿茸茸的草坂上奔跑,小孩儿努力追逐,洋溢着轻快的咯咯欢笑。在苍凉的巴拉湖里学游泳。摇摇晃晃地迈出第一步。他也感觉亲近。丽贝卡身穿无口袋的厚大衣,雪花飘落。在巴黎过周末。午后的快乐。

他要放弃寻找死人,为活人而活。

爱如人生,但更漫长。

在我的结束中，是我的开始。

——T·S·艾略特

在人生的最后时刻,丽贝卡躺在万钧瓦砾之下。

她正吃的水果还在嘴里。

她的双眼不能睁开。

她感觉到包裹她的黑暗。

她的手臂没有知觉。

接着她的生命,似一朵云,破碎开裂,她伏着,在阵雨中。

她能感觉到电话手柄的冰凉塑料,然后是话筒在耳畔的感觉。她听见电话另一端的声音,认出是自己的。

她抱着母亲的鞋子在屋里走,感觉鞋子的重量,思忖她几时回家来。

有个念头,有一天她长大了,也要穿这样的鞋子。

与姐妹一起,在猫头鹰的森林里奔跑。

她们白皙的脸庞。

孪生姐妹。

面对活镜子的诡异。

接着,她的人生之雨乍歇。她沉在黑暗中,心脏撞击肋骨。

柔和的声响,她似在水中。

然后,瞬间之雨再度纷然而至,直到将她淹没在一个孤单深渺的细节中:

窗帘外的月亮。

教室的气味。

一杯牛奶。

希望母亲来,想象被母亲的手臂环抱的压力。

乘客的面庞。

静静跳动的心脏。

月光将翅膀稳稳托起。

市集上的摊贩。

橙树。

凉鞋。

清晨,她的头倚靠着亨利凉爽的后背。

一如出生一般重要。

乔治与流浪的孩子。

木屐。

糖果。

外祖父重现,不过是他自己梦中的角色——赤脚走在湖边,呼唤远
方的人。

法国一间村屋。

一个女儿。

两个外孙女。

雨中开车载她们去商店时他的胳膊肘。

然后,她肚子里两只小手在生长。

一个小脑袋。

拇指般的身躯在汹涌。

生命在她子宫内编织着东西。

接着,丽贝卡意识到她不能感觉到身体,不能喊出声音。

没有声息,没有动静,只有头颅内投影的无声电影。

她不知道她还活着,一如她也不知道她在死去。

若再多些时间,她可能会生起乔治和亨利来搭救她的希望。然而她的记忆遗漏了。

母亲。

眼下这记忆不再叫她痛苦。她的人生是一扇开启的窗,她是一只蝴蝶。

倘若不是因为频频回到黑暗——身躯牢牢抓紧生命——她会觉得这是在度假,在海里游泳,手臂每一次划水,就是一次彻悟。

亨利。

他从剑桥回来的那个早晨。

然后,她闻到外祖父的外套气息,挂在厨房门上,门上还挂着装袋子的袋子和扫帚。

坐在亨利的摩托车后。

她思忖,她的整个人生是否就在这坍塌的楼下度过。而那个人生,其实是我们永远不能完全认识的自己想象出来的。

手掌的柔软。小孩的手。某处一间小屋。天冷时的手套。

然后,由于濒死的妙诀,她爱上这黑暗,爱上余下的八秒钟。每一秒钟,便如同饥饿的人得到的满嘴食物。

那个时刻,在巴黎,一个名叫娜塔丽的法国女孩在超市晕倒。

人们朝她奔去。

为了拥有那不是你的，你须得舍弃。

——T·S·艾略特

第二部　黑夜率众星来临

三十四

你等不及这一天结束。她若知道你改换心意，会欢喜得不得了。要应付很多实际事务，诸如医院、姓名，找一幢有花园的房子。

然而事情发生在午饭前。乔治站在帐篷口，手里端着一罐水。乔治跌倒，水花四溅。

接着那便来了，捣碎一切。

你试图捂住耳朵，随即也摔在地上。尘土蔽空，无人能够看清楚。你没有清晰的念头。若是死了，你最后的感觉只是单纯的恐怖。

似乎过了几个小时，种种猜测堆积在你的脚下。山下，楼房塌陷。人生在数秒间终止。

这一切停止时，山坡静寂得聒耳。你记得在尘土中冲上坑顶，朝帐篷奔去。乔治又站起，立得静止异常。他的脸庞极怪异，好像在头颅上挂反了。你们彼此碰触，好像要实实在在地印证双眼所见到的。你记得站在悬崖上，极望远处的雅典城。

"停下！停下！站着别动，"教授大叫道，"别动，岩石可能不稳——刚才地震了，随时可能有余震。"

然而在你所站的地方，你眼见的就已明了。

雅典城消失在尘埃之下。

教授叫着："我得保护这些古物。我得保护这些古物。"

他转向你和乔治。

"去找丽贝卡——带她到这里来，这里安全。"

雷诺倒退撞在岩石上。车尾整个儿凹陷下去。

教授吩咐道，遇到开不过去的地方，就丢下车子。他还吩咐你们，为了活下去，偷取任何需要的东西。然后他交给你一支短枪。

"以防万一，"他说着，把枪放在你手中，"不得已就用。"

接着他便消失了。

"试试点燃引擎，"乔治说，"我把车从岩石上推出来。"

数次之后，引擎点燃。乔治跳进副驾座。

"车尾全陷进去了，"他说道，"整个儿陷进去了。"

趋近雅典，你见离开雅典的车流已在道路两旁堵成凝固的线条。天上至少有三十架直升飞机。大多数时候，你沿着陡峭长草的堤岸，只在避开热腾腾的车时才停下，车内载满了恐慌的雅典人。

你循着人行道行驶两英里，一路按响喇叭。人们如虫子一般四散。整幢整幢的房屋滑到路上，到处都是燃烧的火焰。你见两个男子在打架。

你抵达公寓，屋内仍然完整，只有墙壁裂开几道缝隙。你们两人四下奔走，呼唤丽贝卡。然后你在厨房餐桌上瞟见一样东西。

亲爱的亨利：

我先回家去，好好想想这一切。要是可以的话，你回家后过来。

我想要你知道，你可以把你人生中的任何事情说给我听。我永远不

172

会因你做过什么而恨你。我们也要商量接下来该怎么做。我希望这是我们俩的决定。我很在意你的幸福，亨利，所以请你一定要说实话。

我爱你。

晚饭时见。

R

附：也许先不要跟乔治说。

又过了四个小时，才到丽贝卡的公寓楼。你停下两次。一次换下瘪车胎，另一次帮正吃午饭的人家抬起一角屋顶。母亲设法爬了出来——但其他人仍陷在屋里。等到来人的力量足够抬起屋顶时，孩子们显然已经死去。他们像玩偶一般静静坐着。

寻找丽贝卡家的路极难。一切都变了模样。空气中充满下水道味与烧焦的塑料味。

年轻男子在指挥交通，尽力为载军队进城的卡车留出车道。军队直升机排成威吓的队形，在城市上空巡逻。

离丽贝卡的公寓数个街区外，你和乔治丢下车，一路跑去。你们远远望见她的公寓楼，看似完好无损，你俩拥抱欢呼。你还在街上的人群中搜寻她的脸庞。你朝公寓楼入口跑去，一个男孩喊你，手指着楼房。不知怎么，你方才没有看见。大楼外墙犹自兀立，整个建筑内部坍塌一空。

你呆立在那里。

然后你扫视人群，搜寻无所事事的人。你抓住一个十来岁的男孩，问了些什么。

"回答我!"你尖叫道,但他一把将你推开,跑走了。

"我们得进去,"你对乔治说,"她可能被困住了。"

进去的唯一方法是通过一楼大厅的破窗。大楼入口已被瓦砾阻断——古怪的是,大门上的玻璃却无丝毫碎裂。乔治拉起衬衫,盖在嘴上,因为灰尘尚未落定。你闻到电气味,引着乔治绕过楼梯下悬挂的带电电缆。电梯井开着,填满了砖头、大理石残片、书籍。地板上有一把铁锤,乔治拾起来。

你们找到半圮的楼梯,攀爬之前,你俩对视了一下,心里明白大楼随时会塌。一个冷淡、合乎常理的声音时时告诉你,她可能没有活下来,你该出去,但是拯救的冲动盲目地驱使你往前。

很难描述大楼里面的情景,因为一切已被捣得粉碎,杂乱无章。你们倒能爬上丽贝卡的楼层,因为这坍塌天然地形成一道阶梯。有些地方太高,乔治便找来碎瓦砾或家具,堆积起来,够两人爬上去。

你们爬到一个楼层,认定是丽贝卡的,眼前高低不平,但总的来说还算平。你见数道大梁纵横倒着,明白一时到不了她的房间。你的手指早已戳伤,鲜血淋淋。幸而高处的灰尘不及低处的浓重,否则的话,大概不能呼吸了。

你们轮流拿乔治的铁锤砸大梁。你记得乔治说,他觉得这是在她的玄关。你们浑身是汗,乔治已脱掉衬衫,身上覆满尘埃,撕裂的皮肤渗出血迹,晕染成暗色的圆圈。你们自玄关开辟出细小的通道。黑暗异常,你看不清自己在做什么。到处是大理石碎片。乔治敲破天花板砖,踢穿石膏板墙,你们站在她的卧室里,除了满室灰尘,看似不曾遭受毁损。

虽能闻到煤气味，乔治却仍燃起纸片或布条照明。

一堵墙往外坍倒，或者随阳台扯裂而去。你记得，站在这里时，是在四楼望向雅典城，现在却只有二楼。空气微凉，如此向黑夜敞开，隐约有种安然之感。心旷神怡。你听得见车流轰鸣，警笛不休，时而夹杂着尖叫。

床头柜上一碗橙子，蒙着白白的一层土。你才意识到这是丽贝卡的卧室。离碗几英寸许，一方天花板压在丽贝卡的床原本的位置。然后你在地上看见一只手。一定是被撞断了。你尖叫起来，乔治不知如何是好。你的后背感觉到他的体重。

你甩脱他，拿起铁锤猛砸残片。

"住手，"乔治低声吼道，命令你，"你会害死我们俩的，住手，住手。"他扑过来夺你手臂里的铁锤，但他还没有抓住你，你便已停下。

"我们得出去。"他说。

"不带上她我不出去，"你恳求道，"不带上她我不出去。"

"她死了。"乔治不停地说，你才明白他的意思：丽贝卡不再活着，你再也不能与她接触，她肚子里的孩子永远不会活着，永远不会出世，永远不会在你想象的房子花园里奔跑。

她的人生会戴上天堂的面具。

"我们不能把她扔在这里。"你发急地说。

"我们得出去。"乔治说。

"听我说，乔治——我们不能把她留在这里。她会在这里陷上好几天，也许好几个星期。我们不能这样扔下她。"

"可是我们要是挖她出来，又怎么办？我们把她往哪里搬？"

"带她去我的公寓。"

"不行，亨利，绝对不行。"

你抢起铁锤，但乔治抓着你的手。他的力道强劲无比。"放下。"他说道。

他转身面对空洞的墙壁，望向雅典城，叹息一声。

"我们带她去爱琴纳。"他说道。

你想象在月光下闪烁的隐秘海滩，完美祥和。你心知，毫无疑问，乔治做这一切是为你——不是为丽贝卡，不是为他自己，而是为你，只是为你。

这是你见过的最伟大的友谊。

你们看出若想移开这方大理石是绝不可能的，便从厨房找来刀子，要割穿床垫。如果能在床垫中割出一道口子，大概就能设法把她撬出来。

你画出她的身体位置，默默工作。血涌上床垫，沾在你的胳膊上，你一时不能呼吸。乔治说你定是划着了她的身体。然后血止住，你俩继续切割。

终于看到了她，见她的身体仍完好，你的心头松了一口气。但这具身躯十分僵硬，像商店的人体模型。它再也不像你熟悉的丽贝卡。她的双眼圆睁，面庞如坚硬苍白的石蜡。丝毫没有你曾爱过的那个女人的痕迹，只是一具已倾尽生命的躯壳。

你走到房间另一头哭泣。

乔治看着你。

然后，他走来安慰你。

“我杀了他。”你说道。

乔治看着你，面无表情。

“我杀了他，”你又说，“我给他一个玩具，他被玩具缠住，他死了。”

“谁?”乔治问道。

“我弟弟。”

乔治骇然:“你从没跟我说过。”

“因为你会恨我的。”

“不会,我不会的。”

“可是,都是我的错。”

他任由你哭了一会儿,然后动手把丽贝卡的躯体裹在绘画用的帆布里。

“来帮我一下。”他说道。

你们没有真正想过怎样带她出去。不过也只有一个法子——你们找来地上散乱的衣服,扎住帆布两端。然后你们看看底下的瓦砾堆四下无人。传来一些动静,但乔治说是一条狗。

帆布砰然掉落。那条狗张嘴撕咬,随即不定地吠叫。你感觉一阵恐慌,便从裤兜里拔出手枪,扣起扳机。那条狗定是察觉迫近的枪击,因为你还不曾稳住手臂,它便已逃走。

又过了一个小时,你们从大楼里爬出来,走入沁凉的清晨。乔治去找车子和水,天空渐渐变亮。

你的喉咙焦渴极了,每一次呼吸都伴着咳嗽。你与尸体一起等待。一个男人走过来,自称是警察,问你是不是被困在楼里。他问你地上包的是不是尸体。你说是的。他点点头,叫你守在这里,等有人来搬走。你只是瞪眼瞧他。你想他谎称是警察,并且你想他知道你是知道的,因此乔治还没有回来,他便已消失。

外头有很多人,大多背扛着东西,要去什么地方。再无人愣愣站着。新的一天开始,也带来目的感。大多数雅典人已被疏散,但城中一些地方仍在燃烧。

乔治说车子没了,于是你们扛起丽贝卡的躯体,穿过街道,每走出几百米远,便停下歇气。乔治的肩膀流血不止。一辆满载士兵的卡车停下,问你们要不要帮忙。

“皮里亚斯。”乔治说道。

“不去医院?”金发司机用英语说。

“不,皮里亚斯,请送我们去皮里亚斯。”乔治说道。

司机对副驾驶座上的人说了些话,就答应了。

“她家人在那里。”乔治对司机说,他旋即明白你的帆布里包着一具尸体。他按了数下喇叭,几个士兵从后面爬下来,帮着把丽贝卡抬上卡车。一些士兵说土耳其语。

这些士兵的年纪与你相仿。他们看看尸体,看看你。驶近港口时,一个士兵从颈上摘下一串黑珠子,挂着十字架,递来给你。

“我不信上帝。”你说道,神情茫然。

“他撒下的网会捕到你的。”士兵说着,将十字架和珠子滑进裹着丽贝卡尸体的帆布包。

你说给士兵听,你去皮里亚斯,是带她去爱琴纳。你跟他们说,你带她去她过得最快乐的地方。

178

他们似乎能明白。

卡车只停下一次,将一具女尸从被墙压倒的车底撬出。事情在你抵达前一刻发生。恳求卡车停下的男人是她的丈夫。他去仍开张的摊上买东西,他说,眼见墙倒下来。士兵将他妻子的尸体搁在路上。她的脸上扎着碎玻璃,在清晨的阳光下闪耀。

抵达皮里亚斯港的时候,帆布包已有异味。给你十字架的士兵帮着把尸体放到地上,接着几个士兵找到一个摆渡人,他站在小船甲板上,默默望着一切。乔治守着尸体。

你用蹩脚的希腊语苦求摆渡人载你去爱琴纳。他摇头拒绝。士兵们凝神看着他。他的眼神掠过你,望向广场上的尸体与军队卡车。"抱歉。"他用英语说。

一个士兵拔出左轮手枪,但没有提到腰际。摆渡人冷静地耸耸肩,进了船舱。一分钟后,引擎响起,士兵们帮着将尸体搬上甲板。

引擎极响,黑烟从船尾引擎冲出,船身一颤。

不到十分钟,你们便离开了海岸。海上没有别的船只,风平浪静。士兵们站在海港墙头望来。正当他们渐淡为远处一抹绿色时,你听见来福枪声。

船主待在船舱里,仅出来一次,递给乔治一瓶希腊酒。乔治先把酒瓶递给你,然后一口气喝下大半余下的酒。

靠近爱琴纳海港,你俩意识到方才都睡着了。

已是傍晚。

港口聚集了千百人,似乎在等候你的船。你们不知道他们在做什么,不知怎么,担心他们会来攻击。靠上码头,你才明白他们在为大陆的人们祈祷。

船主系上船缆,人们拥上前来,他们见到只有三个人,立即失望了。他们喊着向你打听消息。乔治用希腊语答话。你不懂他说了什么,但他们彼此传了这些话,便回去祈祷。

两个男孩帮着把丽贝卡的尸体从甲板抬上码头。他们必定不知里头是什么,因为她的头发从帆布裂口散出来后,一个男孩吓得扔下扛着的那一端,跑走了。

你和乔治把尸体从码头抬到广场长凳上。人们冲着载你们来的船夫吼叫。

你们不知时间,但船必定航行了数个小时。

乔治去找水,却开着车回来。你没有问他车是从哪里得来的。

后车座放不下丽贝卡的身体,你只得将她坐起。你对着乔治从井边打来的一桶水喝了个痛快,你们驶过小镇,然后调到第三档,摇摇晃晃开上山道。半道上,险些与朝你们飙来的电动车相撞。

抵达悬崖,乔治毫不犹豫地侧下山道,往灌木中行驶。

他开得极慢,直待地面崎岖得容不下车轴。

你们下车来,已是黄昏,一切宁静。海上吹来凉风。

你靠近悬崖边,丽贝卡的身体似乎变轻了。

你托着躯体来回摇晃数次,得到一些冲力,然后将它抛出。

你回到车旁,乔治静静凝伫。他问能不能由你来开车。你找不到前灯,便在黑暗中驶下山坡。

自爱琴纳回雅典城,又是整整一夜。黎明时分,你穿越雅典城,混乱已转为不安。士兵立在每个街角,端着机关枪,吸着烟,安抚老人。乔治的公寓受了些撼动,却仍完好。他的大多数邻居去了乡间度假屋。你俩在床上睡了数小时。你醒来,决定回自己的公寓去。乔治想与你一起去,但他仍在卫生间时,你便走了。

三十五

你再也不想活下去。

站在阳台上,你感觉心脏已不再跳动,黑暗中每一记轻柔的砰然声,拇指与脖颈间每一记微弱的搏动,不过是心脏的幽魂,是它曾经有过的美丽回忆。

你想象,倘若跳下楼去,随后的情景会是这样的:

人们会记得,这个广场上曾死过一个外国人。本地的小孩子长大后,会猜测你是谁。

呼喊。一声尖叫。一具身体自天空中落下。一阵脚步声。人们朝你奔来。窗前闪过脸庞。门被打开。老妇人抱紧孩子。

你找到丽贝卡的时候,已经太迟。余下的人生里,你会感觉自己的无用。你的双手会始终记得不曾做到的事。

一位老人将你翻转。

他双膝着地,把头贴在你的胸前。

你看见你的手指张开,手掌朝下。坠落的修辞。

你的双手曾经细小。寒冷的早晨,你的父母轻易捧起你的双手。你在他们中间晃荡:一、二、三,跳!

你看见你的克拉克斯皮鞋磨损的鞋头,蔚蓝色的。你的口袋被糖果黏成一团。你的名字被呼唤,意味着有好吃的或者好看的。

你上升,上升——双亲的手紧紧将你托住。你头顶的太阳裂成碎片,光芒耀眼。

所有的手曾经都比你的手大。

到处都是手。

现在又有手搁在你的身上。你永远不会熟悉的手,但是这些手会记得你,以它们碰触活人的方式记得你。

这双手曾在星期六早晨抚摸父亲胡子拉碴的面颊,很久以前的星期六。

单单这一天,从以往日子的甲板上掉落。

“起来,爸爸,”你说道,“我们去钓鱼。”

窗帘那么白。

清晨,他的瞳孔如深棕色的玻璃。

“我的小亨利。”他呢喃道。

他眼底的忧伤不单为另一个儿子。你们怨自己,但是从来不怨彼此。

天很冷。深蓝色的黎明。

你记得他拿树枝轻叩地面。

虫子爬满地。

你抓起一些,搁在手心,笑起来。

落着蒙蒙细雨,不过你的肚子里装着早餐,暖暖的。你惊奇地把一条虫子递给父亲看。虫子以为轻叩声是下雨了。它们按捺不住。它们禁不住爬到光亮中来。这是它们不能抑制的直觉。有什么东西牵引它们往上爬,到另一个世界去。

你摸索湿润的草丛,寻找更多的虫子。

你父亲屈膝蹲在你面前,双手放在你的手上。他紧紧握着你的双手,贴在地面。

"永远不要忘记这个时刻。"他说道。

过了好一会儿,汽车发动机才预热。引擎自行旋转。清晨的空气中充满浓浓的汽油味。

乌鸦在树上瞪眼瞅着。

细雨空蒙。

调档杆高高竖立,没有被握住时,便自个儿震颤。

虫子在后车座的银色水桶里。

它们趴在彼此身上,像雪花一般无声息地挪动。

身体是伪装。

你的手臂托起丽贝卡,感觉的却是陌生人的重量。

你思忖她是否带走她是谁的记忆。如果爱不再与记忆相连,有无可能继续?

她死后,能不能感觉你的缺席,而不必记得你是谁?你想象她的记忆被折叠起来,装进提箱,而这只提箱被遗忘在站台上。

人们围在你的身旁。一个希腊男孩在窗口张望。

他终于明白弟弟为什么不肯睡觉。

就像所有孩子一样,男孩成为自己眼中所见事物的一部分。那一夜,男孩悄悄走进弟弟的房间,握着他的手。他在黑暗中找到一个人,永远不会再松开。

在你想象中将你的身子翻转的老人,只是站在那里。

他在颤抖。

他的帽子掉落,立在地上。你若活着,会帮他捡起。

现在你与她一样,却永远不会知道。

死人不呼吸。

他们不能看,不能听,不能动,不能说。

他们不能感觉。

三十六

街上依然堆积着震后的废墟。碎玻璃已清扫干净,但雅典城的公园里仍然扎满帐篷。人们怕回家去,担心还会有余震。你的客厅墙上有一道裂缝,恰好顺着一堵墙,将你的人生划为前后两半。

乔治在城市某个地方。他不时过来。有时你让他进门来。他在桌前坐下,你们喝热茶,默默不语。有时你们绕街区漫步,说说发生的事。他知道你弟弟的事,但不知道丽贝卡怀孕。

你渴望有他作伴,却又不想见到他。

你睡前煮甘菊茶。夜里,街灯自个儿点亮。

你关上通向阳台的门。外面的声响轻柔地推拨窗棂,却不能进来。

你烧开水。

厨房的灯光一向太亮。当你不想活下去的时候,烹饪便成了某种临床程序。器皿闪烁着凶邪的光芒。灯管发出微弱的嗞嗞声。餐桌上装有抽屉,小得装不下任何东西。

厨房地板不曾被打扫。蒜瓣掉落的薄皮蜷在油地毡与橱柜交接的墙根。丽贝卡曾坐在桌前,双手握着杯子喝茶。你们分享一碟巴克拉瓦酥饼。你记得第一夜。厚厚一层奶油。接过你的香烟。走长长的路回家。遗失一本书。她的身体在你身下伸展,犹如你未来的人生地图。

你等待她随时奔进来。

自她去世后,你已懂得你害怕的事都不会发生。发生的是你料想不到的事。

在夜里,你却遗忘一切。

你醒来,又开始。

你举起双手,搁在燃烧的炉灶上。蒸汽的善意。水沸腾,发出短促的爆破声。你将双手搁在上方,聊以慰怀。

在你的想象中,你看见很久以前的另一簇火。燃得炽红的煤块。空气的流动。儿时住在威尔士的房子。

早晨,母亲为你擦上学去穿的皮鞋。鞋擦轻快地划擦,盖过电视的声音。父亲默不作声地在厨房里擦盘子、放盘子发出的啾啾声。

你记得一些事情,但细节由不得你选择。

天有些阴。晾衣绳上的衣服怯生生点头,拿捏不定。在你的手里,每一样东西都太大——连夜晚似乎也更漫长、更漆黑了,叫你不知如何是好。

你自记忆深处浮上来,吃午饭,洗澡,去一些古老而永远不可能重建的废墟闲逛。未来在已成为过去的事情的另一边。为了往前去,我们得往回走。

可是回去,好似回到很久以前便已无人居住的房子。因为在记忆中栖息的人生,实是错位欲望的浅促气息。

雅典依然温煦,只是夜里寒冷。你觉得冷入骨髓。热水澡只能给你一小时左右的温暖。午后阳光美好的时候,你泡热水澡。

现在,黄昏时,人们急急赶回家,不再驻足。

刚过中午，家家厨房便点起灯，往日里，门口挂着珠帘，邻人在此消磨时光，现在也只剩下一道道门，还有松松地连结着的方形窗，因积年转动而磨损的手把。

电视机已从阳台搬进屋——延长电线卷起收好。趴在道旁橙树下的流浪狗，如今不再构成傍晚的风景。它们已驮着衰老的躯体去了别处，无人曾经留意。

你有一台收音机、一张沙发、一张床、一张书桌，卫生间有一台坏洗衣机——丽贝卡活着的时候，这些东西就在这里。

你的书桌是黑色大理石台面。搬进公寓时，这是你挪动的第一件东西。你把桌子搬到一扇窗前。桌面打磨得极光滑，照出一切。你工作时，桌上时有鸟影翔泳。

夏天已尽，阳台下的广场上空无人迹。

那里曾也落满脚印，有人聊天，有人独坐看人——广场敞开，似洞开的嘴，却无话可说。

这里正是你想自杀的地方。

这里是你打算自杀的地方，你却永远不会去做。

偶尔有条狗踱到水池前，环视四周，然后不吠一声便转身离去。

报纸随风在石子路上飞卷，如同小小的风帆。

你做的每一件事都是一桩秘密，因为无人在看，无人知晓。

你又记起儿时。

呼喊道："瞧，瞧，瞧我！瞧。瞧我。"

躺在床上，你聆听那声息，那些声响曾叫你心安，却只听得远处车流中传来绵绵一连串无声的名字。

你爱坐在阳台上,看着汽车在红灯前排队。车身颜色各不相同。有时,开车的人在吸烟,有时与妻子说话,有时睁着眼却视而不见。

有时候,你双手捧着一杯咖啡,静静坐着。就这样坐在那里,让你觉得心里好过。你的嘴唇,好似柔软的鸟雀,在咖啡的倒影中看着自己凑近。你觉得蒸汽好美。

你记得父亲的咖啡冒出的蒸汽。杯子搁在渔船中间的小桌上,桌腿能折叠。

池塘上,长雾漫漫,宛如一句魔咒。船身摇漾,荡起空阒的拍水声。拧开保温瓶盖的响声。池水的气味。

有时你从阳台上看见飞鸟。它们掠过,却不拍打翅膀。

你想象毫不费力地随空气飘浮,会是怎样的感觉。

你上床睡觉。

光撕碎时日。

大多数夜里,你躺在固定的位置。你沉睡的心灵却相反,不能在一件事上长久停留。你沉睡的心灵,犹如鬼魅,一个又一个地方,一个又一个人,一一游荡。

早晨,你醒来,看看梦的潮汐冲上些什么。

你躺在床上。

早晨如斯洁白。

广场上有人对着手机说话。有时候,人们在那里等待。

你觉得,没有你世界仍在继续,不久你明白,在伟大的生命史中,你绝无分毫意义。

三十七

接着几个星期,你穿着内裤和袜子,久久坐在餐桌前思索。丽贝卡和你的孩子躺在海底,藏在世界中的世界,缺席的存在。

皮特森教授来看你。他想要你回去工作,但你没有兴趣。乔治也时不时过来。他怀疑她的家人是否知道这件事,你是否该去寻找她的姐妹。但你将他们推开。

你每周去逛一次市集,但再也不像从前那般留连。丽贝卡爱买带叶子的橙子,将它们摆在赤陶碗里,搁在床边。

"叶子上的小虫子会怎么样?"初次见她把沉甸甸的碗搁在床头柜上,你问道。

她瞧着水果碗,眼中露出赞赏:"你看它们怎样?"

大约是地震六个星期后,半夜里,你睁开眼睛,猛地觉得自己非常不对劲。

天还没亮。

你挣扎着坐起。呼吸艰难,双手颤抖。你伸手摸到笔记本,却不能写下一字。

然后,你意识到腿脚不能动弹。

你环视房间，看着微弱的街灯在墙上画出的图案，看见你的物件在黑暗中的轮廓。

你的人生，不过是一幅速写，你是画家笔下尚未画完的肖像。

接着你一定又睡着了，因为再睁开双眼时，你已掉在地板上。你在出汗，又觉得很冷。你记得躺在那里，看得见天际的几颗星星。

你削瘦不堪，几乎只剩一把骨头——可你倦极了，拖不动身体到阳台上去。

你把半个身子探到阳台上，觉得又晕了过去。

再醒来时，你嘴里有股怪味儿，铅味。衣衫前襟也湿了。

一阵凉风往你的脸上袭来。感觉好美妙，你张嘴吞咽。

街上车辆稀少。你想象男人们穿着汗衫站在阳台角落里吸烟，享受凉爽的傍晚。林荫道那一端，一群疲倦的妓女在马路牙子上衰颓，过往车辆的寥落灯光照得她们眩晕。

你战栗得厉害，乍觉嘴唇湿漉漉的，又痛，你赶紧抬起手，碰触脸庞，随即拿开，见是血。你才知道前襟湿的也不是汗，而是血。你的嘴唇破了，却不知是什么缘故。你的鼻子麻木，感觉血在鼻底暗涌。

你没有跌落而跌落了。

楼下的男孩发现你在阳台上晕倒。你卫生间的坏洗衣机，原来竟不是坏的，只是因为地下室的水阀被关上了。查楼基的工人拧开水阀，想瞧瞧通往哪一处，你卫生间的洗衣机便汩汩地活了。

你卫生间下的公寓里，天花板涨满了水，帕帕菲利普先生与儿子冲上楼梯。他猛敲你的门。没有回音，父子俩一同重捶。两只毛茸茸的大拳,两只小拳。

帕帕菲利普太太系着围裙,一手捂嘴,站在楼梯角观望。最初几滴水淌进帕帕菲利普家的客厅地毯时,帕帕菲利普太太就喊丈夫撞门进去。

帕帕菲利普先生奔入你的卫生间,慌乱地寻找关水阀门,儿子冷静地探索你的公寓。踏入卧室,他瞧见阳台上有一只脚,一动不动的。他心里好奇,走上前去,纳闷那究竟是谁的脚。他碰了一碰,却没有反应。

帕帕菲利普先生与儿子将你扛进菲亚特小货车,载你去医院。

他们急驰过雅典市中心,男孩转过身,贴心地把手搭在你的前额上。你隐约记得这只手,因为你在心中暗忖,他们是谁。他父亲点点头,用希腊语说:"做得好,儿子。"

然后你的意识恢复,记得被人从小货车上抬下来。

医院的前台员并不是真的前台员——他是患阿尔茨海默氏痴呆症的病人,只是选择坐在这个他认为安全之地的舒适椅子上。真正的前台小姐在楼外,打着手机与男朋友吵架。

"我们在他的阳台上发现他。"帕帕菲利普先生喘着粗气,扛着你穿过大厅。

"今儿天气真好,你还给我带来鲜花,你太好了。"假前台员说道,站起身亲吻帕帕菲利普先生的面颊。

帕帕菲利普先生往后退。"我们没带花来。"

他儿子看着地面:"没有,一定是掉了。"

接着假前台员要菠菜派,帕帕菲利普先生便背着你,径自进了一间病房,把你放在他看见的第一张空床上。

其他病人坐在床上,想要知道究竟出了什么事。

乔治花了三天时间才找到你。

然后他天天来看你。

起初你俩默默坐着,好似在等待消息。后来他带书来,高声朗读。读完一本,他又带来一本,接着又是一本。这样过了一个又一个星期。他给你读的最后一本书是《杨柳风》。

你的治疗也包括加强镇静剂。一天,乔治带了小提箱来。他身穿西装,新刮了脸。

“你真好闻,乔治。”

他微笑,坐在床边。

“我想离开雅典。”他说道。

“什么时候?”

“下午。”

“今天?”

“是的。”

“为什么?”

“我接受了西西里美国学校的工作。”

“明白了。”

“你会好吧,亨利?”

“会的。你还没有喝酒?”

乔治点点头。

“多久了?”

"到明天就四十九天了。"

"我为你骄傲,乔治。"

"我也为你骄傲。"他说。

"你是我真正的朋友。"你说道。

乔治别过头去。你知道他想要哭泣。他的脚步回音平稳且纯粹。

一星期后,你被通知出院。

医生坚持道:"你好多了,亨利——回家去。"

"我还没好,"你说道,"我不想离开。"

医生很年轻。他通常跟你说玩笑话,可是这一次,他的手臂环抱在胸前。

"我不能离开,"你坚持道,"我喜欢这里。"

"这里不是旅馆。"

"我还没好。"

医生屈膝蹲在你床边。"我知道,你女朋友的事,让你很难过,你很压抑,还有其他许多事情,叫你住进这里——这些我都知道,亨利——可是你现在好起来了——从床上跌下摔破的鼻子、营养不良、病菌,我们都把你治好了。现在你只需要好好刮刮胡子,兴许想想该期待些什么。"

"我还没准备好。"

"你还年轻,"医生说着,站起身,"我知道你不乐意这样,不过也许有一天你会明白,你前头的东西,多过你后头的。"

邻床,脸上罩着氧气的老人,慢慢转过头来,看着你们俩——然后小心地摘下氧气罩,说了一句话。

“我真希望我是你。”他说道，露出微笑。

“不，你不希望的。”

“我希望的。”他坚持道。

“把氧气罩戴上，”医生命令道，“你应该好好休息。”

三十八

你乘出租车离开医院,仍穿着睡衣和医院的晨袍。司机吸着烟,用希腊语问道:

"你确定病好了?"

你的公寓已住了人。你不必进去便能看出来——窗帘已换,阳台上紧密地摆满高挑单薄的植物。

你想象你不多的物件被收在地下室一只盒子里。你的黄蜂摩托车也许锁在大学里,也许被人偷了。教授也来医院看过你。他打算关了挖掘地,启程去北非——你记不清确切的地名,因为那个星期医生给你一种新药。

你从出租车后座最后看了几眼公寓,便叫司机载你去机场。

你衣兜里有些德拉克马,教授给你的工资,装在棕色信封里。

你走进机场候机楼,身穿乔治的睡衣。淡蓝棉料,镶白色滚边。他还给你带了一双丘奇家的黑色皮拖鞋,你也穿在脚上。他把西西里的新住址绣在左脚衬里。晨袍是医院的,可你已穿得喜欢起来,便决定穿了它走。

你料想机场工作人员会查看你手腕上的塑料环,打电话报警。但他们只是瞟了瞟你的护照,点数你给的钱。

你登上飞机。

你心里知道,是时候离开雅典了——虽然你并没有地方可去。飞机上,人们盯着你看。

三十九

飞往伦敦的短途飞行中,你睡着了。降落后,乘务员将你叫醒。她长得很漂亮,只是吼你醒来的样子有些凶恶。你想象丽贝卡穿着空姐制服,她的眼睛,她看你的样子。你现在只愿当时已告诉她关于你弟弟的一切。她会懂的。她会帮你放下的。

你发现身在一个叫作卢顿的地方——离伦敦不远,但不在伦敦。

"为什么是卢顿?"你问另一个乘客,他也在降落时睡着了,正在取行李。

"我也每天这么问自己。"他答道。

你在机场里接着睡。这里比希腊冷。

凌晨,牙买加清洁工叫醒你,问你是不是还好。他想知道你的睡衣在哪里买的。他从塑料瓶中倒了些姜汁啤酒给你喝。姜汁啤酒很甜腻,辛辣得冲喉咙。这男子说,姜的辛辣能除感冒和邪祟。他回去干活,拖把不时嗖嗖地拖过你身旁,一边自个儿吃吃地发笑。

机场里的人多起来,你到楼外,叫出租车司机载你去你的银行。你问司机有没有袋子。他在乘客座位下的地板上摸索片刻,将午餐盒从塑料购物袋中倒出来,袋上印着"**乐购超市**"的字样。

"给,兄弟。"他说道,眼睛仍瞄着车镜,说道:"这种天气,你就穿这

198

该死的睡衣？没事吧？"

你跟他说，说来话长。

在银行里，你说要取出养老金——没有用完的学生贷款，还有祖母留给你的钱，给你婚后买公寓用的。

银行出纳请你进一处隔室坐下。一个高个子锡克教徒走出来，自我介绍说是经理。他询问你是否安好。你告诉他你很好，就是想取出你的钱。

"可是我们的规定是……"

"我只要我该死的钱。"你厉声道。

经理面有难色，点点头，说道："我明白，这是奇怪并且独特的情况。"

乐购塑料袋仅装得下四分之一现金。出纳与经理看着你，一脸好奇与惊恐。

"请你，请你，布利斯先生，"经理恳求道，"请你至少将剩下的换作旅行支票——就算为了安全起见。"

你乘同一辆出租车回卢顿机场，购物袋中约装着四万八千英镑，还有十六万美国运通的旅行支票。

你拎着一袋钞票回到出租车上，司机看呆了。"你抢了那家见鬼的银行？"

往机场去的路上，你见后视镜上挂着一只空气清新剂。状似婴孩，印着"**车上有宝宝**"的字样。

你叫司机停车。他不停。你尖叫，他停下车。你拎着塑料袋下了车。他不肯这么丢下你。天阴风急。道上野草浓绿，鸟雀逆风飞翔。一些草丛潮湿,你感觉寒意渗入拖鞋。道旁有很多东西:一只粉红泰迪熊、一双工人用护目镜、空烟盒、破酒瓶、深夜相撞后残留的保险杠与车前灯碎片。

而你在这里——身穿睡衣走在路旁。孩子们探头张望,猜想你是谁,要去哪里。这些人,你永远不会遇见,也丝毫不知你的人生,负载你走了数英里,好似默默涌动的恻隐之心。

你倒不介意这寒意,只是有时候很难穿过圆环交叉道,因为无人肯减速。

你是传说中的俄狄浦斯,万劫不复的灵魂,盲然地在旷野流离迁徙。

远处,机场灯火闪亮。

半道上,你在卖热狗的小货车上买来咖啡。在阴沉的天光下,飞机的信号灯非常好看。

你循着飞机降落的跑道走。到机场时,天更冷了,你觉得可能会晕倒。你身后的世界已沉入黑暗。

静静坐了数小时后,你在一家餐馆吃碎牛肉馅酥饼和土豆泥。过了片刻,你找到英国航空售票台买票。

夜深了,只剩下数个航班。女人微笑探身。

"您的目的地,先生?"

"下一班是什么时候?"你嗫嚅道。

"去哪里,先生?"

"无论哪里。"

"欧洲内?"

"是的。"

“那么,飞往都柏林的航班要起飞了,但他们正在关闭登机口。下一班早机去米兰,如果可以帮到您的话……”

“无论怎样都行,”你说道,“对我来说,去哪里都一样。”

四十

你抵达米兰,机场充满着仪表不凡的商贾,他们吸烟、抚弄头发。有个摊子在卖新鲜橙汁,你便去买来,立在原地喝完。

你决定去看看这座城市。你先去外汇兑换处,然后乘出租车去市中心。你拎着满塑料袋的现金四处游逛。你的睡衣脏了,想着是否该买些真正的衣服。

这座城市非常拥挤。

人们一边走路,一边高声对着手机讲话。黄蜂摩托车在车流中穿梭。出租车司机肩上系着毛衣,聚在一处谈天。像极了雅典,只是这里美丽且有序。

你饿了,在一个法院旁看见一家生意极好的餐馆。餐台是抛光不锈钢的,似一条长河。

吊扇缓缓转动,干干净净的。每一片扇叶略微折角。桌椅、地板都是一样的抛光不锈钢——也许是因为经年的使用而磨损了光芒。

食客默默咀嚼,相互对视。

你指指柜台上玻璃柜中的一盘食物。年轻侍者点头。

"先生。"侍者说着,示意一处空位。

几分钟后,你的食物送来了。你见邻桌几个人吃的也是一样的食物。你这才看见玻璃柜中的食物都是一样的。

餐馆里没有孩子,你在心里猜想其中的缘故。

这餐馆附属于一间烟草店,吃过午饭,你拾起塑料袋,往烟草店去。店里每一样东西都是流线型的,连烟草店老板的白发也是齐齐地往后梳,在灯光下闪闪发亮。

你在医院时虽没有再吸烟,还是买了几包,因为烟盒实在好看。找来的零钱是装在铬沙烟灰缸中的,而不是直接搁在你的手中。

你要离开,一名男子挡住你的去路。

这名男子立在你与店门之间。

"先生。"他说道。

你看着他,抓紧购物袋。

男子擎起几张彩票,一支铅笔头。

你涂了一行,男子又指另一行。你涂完所有格子,这男子将卡片举得离眼睛远了一点。

"外国人有时候运气好。"

晃荡一个小时后,你走向一家卖十字架的店铺,想去借用卫生间。店里有千百种十字架,各种颜色,只是大多数十字架上,耶稣面露同样的神情。

老板说:"想用卫生间的话,买个十字架。"

"可我没地方挂。"你说道。

老板耸耸肩。

"我真的想上厕所,可是不想买钉在木头上的人偶。"

"请离开这里。"这男人说道,另一个店员慢慢趋前。

"我可以付你钱。"你说道。

"你买个有耶稣的东西就成,"老板说道,"厕所就在那架子后面。"

"我想我还是走的好。"

你走出店铺,在道旁垃圾回收箱旁小便。垃圾箱另一端的小巷中,一只黑色垃圾袋上摆着一台打字机。你走过去,摁了摁按键。你把打字机夹在胳膊下。

你踱回市中心,一路走,一路拿出一盒方才买的香烟,仔细瞧上面的图案。

你察觉一群少年在街对面的公园观望,在吃午饭的餐馆外见过他们。你低头看看钱,他们如何得知? 不过你又想,可能是冲打字机来的。你考虑将它搁下走开。

你闲步走过几个街区,看这些少年会不会跟来。他们好像不在后面,可是正当你以为甩脱了他们时,他们猛地在你前面出现——一群年纪相仿的男孩,穿着水洗牛仔裤,简直是《西区故事》中的场景。

你没有等他们来突袭,一转身,蹿进一条逼仄的巷道。巷子通往漂亮的大街——漂亮得不会让人被抢劫。

你回头看,见两个男孩奔进巷子,便急急闪进最近的一家店铺。门上的挂铃摇得直响。

店内空落落的,但很好闻——好似有人在碾葡萄柚。人体模特穿着金属质感的衣裳,在灯光下闪耀。

一个女人朝你走来。她的唇上长着一颗痣,令她的嘴唇看起来很有风情。

"我需要一些衣服,"你松开一边提手,打开塑料袋,"我没有你们的货币了,你收英镑吗?"

女人往袋中瞧了瞧。

"我想可以收的。"她说道。

然后她问你是否愿意放下打字机,试穿几件衣服。

三个小时后——打电话叫来当地的裁缝,修改几处——你身穿双排扣海蓝西装衬天蓝马球衫离开了店铺。

裁缝责备你不该把钱装在塑料袋里提着走,帮你挑拣了一只黑色鳄鱼皮提包,散发着淡淡的薄荷味。

在附近一家理发店里,你剪了头发,刮了脸。墙上挂着已故影星的照片。理发师很老,不时走到店后,拿汤匙轻敲什么东西,过几分钟才出来。

你在米兰街头又走了一个小时,在叫作维亚·帕伦巴的街上停下歇脚。橱窗展示柜中摆着男士香水,你想起乔治。

你蓦地觉得绝望又疲惫,便决定回机场去。你的提包很重,因为打字机也在里面。

出租车驶了一个多小时才抵达机场。坐在车里很不好过,因为司机不开窗,你又郁闷得不愿开口。

你跑向登机口,赶上下一班飞机。

意大利航空 522 航班准时抵达纽约城拉瓜迪亚机场。

明媚的清晨,无数鸟雀。

你从机场横穿高速公路去皇后区的宾馆。有些人按响喇叭。

你在宾馆里住了一星期,靠免费早餐面包圈为生,站在窗口望着过往车辆驶过中央公园大道。落了几场阵雨,但很快就停了。

在宾馆里,并无不寻常的事情发生,除了有一天将西装和马球衫送洗,你光着身子过了一整天。你开了暖气,将电视声音调得很高,长时间泡澡。

在皇后区的最后一天,你意识到已有三个星期不曾与乔治说过话了,于是你在意大利打字机上打了一些话,打算寄往乔治绣在左脚拖鞋上的西西里的地址。

嗨,乔治:

　　我出院了,在米兰街上捡来这台被扔掉的打字机——不过我发觉它有些毛病。

　　我不知道我到底在做什么。离地震才六个月,我还是一团糟。我想待在医院里,可是他们不让。

　　我待的地方叫作纽约皇后区,但是不要往这里写信。

　　H.

　　附:我想她,想得人生失去了意义。

某个星期二,你离开皇后区,星期三凌晨,抵达冰岛凯夫拉维克机场。

你觉得这机场像画廊,立着数尊奔跑之人的雕像,颇有些意趣,还有整堵玻璃镶嵌的高窗。

三个德国男人在吃早餐,喝啤酒。你坐下,也要了一杯啤酒。你在机场逗留了十三个小时——大多时候醉醺醺的。

然后你搭乘 1455 航班去伦敦。

然后是飞往东京的漫长航程。

然后是奥克兰。

你在飞机上吃,也在空中睡。

美国大陆航空公司的乘务员最体贴,所以你若能乘上美国大陆航空的飞机,便不管去哪里。

有一回,卡萨布兰卡皇家航空的飞机上,乘客登机的时候,飞行员正与商务舱的女孩聊得热乎,一个小男孩溜进驾驶舱。几分钟里,小男孩飞行员启动引擎,险些收起落架。

有时,你乘的飞机满座,便会思忖谁该坐在你的位置——并且因你的缘故,他们去不了哪里。

有时,你坐在机场的遗失行李堆旁,直到扩音器中传来某个目的地引起你的兴趣。

至于当夜的住宿,你就站在机场外,也不问目的地,登上停在眼前的第一辆公交车——纵使这辆车是租来接美国海军潜艇指挥官回康涅狄格州的。

UNITED STATES NAVY

嗨,乔治:

　　你肯定不会相信我到了什么地方——不过这信纸肯定泄露了秘密。这完全出于误会,不过他们很好心,允许我在这里住一宿,因为"勤务时间"后,他们不愿开大门。

　　显然,公交车司机把我的海蓝西装当成了海军蓝。

　　我住在哈特上校的房间(门上是这么说的),不过他不在。但愿他不介意我用他的信纸。

　　这地方叫我想念教授;我希望他不要太担心我。你要是与他有联络,请转告他,我时常想起他。我也想起你。

此上

　　亨利

WESTERN UNION

A. N. WILLIAMS
PRESIDENT

The filing time shown in the date line on telegrams and day letters is STANDARD TIME at point of origin. Time of receipt is STANDARD TIME at point of destination

亲爱的乔治：

　　来自格陵兰的问候。

　　虽然一点儿都不绿，但是冷，非常非常冷。我住在机场旁的一家小旅馆。旅馆是明亮的蓝色。每晚都有自助晚餐，大概挺好吃的，因为大家都很期待。

　　旅馆里没有像样的信纸，只有这些旧电报纸条，据前台太太说，这些纸还能在后库房的电传机中传出去，库房里现在睡着几条狗。我不能想象电传机是什么样的，不过，你要是读到这些话，那它就是管用的。

　　这样子给你写信，感觉怪怪的，因为我们认识的时间不长，是不是？另外，你不能回信。

　　虽然我从未与你说过我的人生，可我觉得已将一切都告诉了你。现在生活更缓慢，还可以说更真实，但同时也更不真实。况且我们是彼此仅有的与丽贝卡的维系。

　　亨利

HOTEL GLÄRNISCHHOF 8002 ZÜRICH

VORMALS EICHER

CLARIDENSTRASSE 30
TÉLÉPHONE (051) 25 48 33 TÉLÉGRAMMES: GLÄRNISCHHOF ZURICH

IÈRE CLASSE   SITUATION TRANQUILLE AU CENTRE DE LA VILLE
CHAQUE CHAMBRE AVEC SALLE DE BAIN
DIR. HS. STAMPFLI

亲爱的乔治：

　　你好吗？过去两周的生活很单调。大多时候在俄罗斯境内的机场飞行。我想我能习惯寒冷的气候。与雅典真是天差地别。

　　现在我在瑞士。

　　巧克力没你想得那么多。

　　我一直在想我们与皮特森教授一起做的事。我肯定他已经关了挖掘地，坑也填满了。我猜想吉瑟普（你没有见过）已将所有挖出来的东西记载下来，搁在同一个地下室。

　　我在想你们是不是在一起工作，你可能根本读不到这些信，因为你在北非或者什么地方。倘若你见到他，或许可以告诉他，我还没有完全好起来，但是不要说起我在绕着世界瞎转，他会担心的。

　　爱你
　　亨利·布利斯

Istanbul Hilton

ISTANBUL - TURKEY

乔治——你好

这机器出毛病了，你能看出来吧。

两三天前（飞往布达佩斯的飞机上），一盒自家熬的汤（蘑菇汤）漏出来，从顶上的行李箱滴落下来。坐在底下的男子对蘑菇过敏得厉害，突然中风了。

一个乘飞机的医生奔来，给这男子做针灸，用匈牙利语诅咒起来。

我真的开始纳闷你究竟有没有收到这些信。

你忠实的
亨利

HOTEL
PHOENICIA
INTERCONTINENTAL
❋
اوتيـل فـينيـشـيـا
BEIRUT • LEBANON

CABLE ADDRESS: INHOTELCOR TEL. 252900·TELEX № 624

亲爱的乔治：

　　这大概是我写给你的第二十封信，我突然担心，宁可你不要收到我的信。我的意思是说，我真希望有办法收到你的回信。我厌倦这样自言自语。

　　明日我要飞漫长的航程去北美，所以，我真得好好地想想法子。

　　你的朋友
　　亨利·布

　　附：你多久会想起丽贝卡一次，乔治？有时候，我离开旅馆房间，琢磨着会不会发现所有其他房客都已死去。

GILCHER HOTEL
Danville, Kentucky

嘿，乔治：

这是你老家的州？如果是的话，你没说错。这里真的好美，人也好——跟你一样。

今天早上我吃了烤松饼浇浓汤。女侍者名叫朦胧。

爱你的
亨利

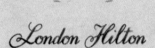

London Hilton　　HYDe Park 8000

晚上好，乔治：

　　今晚，我跟一个人说起丽贝卡。事情是这样的。从格拉斯哥飞往伦敦的飞机上，乘务员一关上舱门，坐在我旁边的长满粗毛、穿短裤、腿上文刺青的男子就开始发抖，接着开始出汗，汗水真的就从他的前额滴到我的腿上。

　　没过多久，这人浑身湿透。

　　这个毛茸茸的男人咽住抽泣，跟我说他从没乘过飞机，害怕

　　　　　　　　　　　　　　　　　　　待续……

飞机会坠落,他会死掉。

于是,说来奇怪,全程飞行中,我握着他的手,但是盖在毯子底下,没人会看见。

降落一小时后,我跟他说起丽贝卡。他很同情,说我该努力忘记。我跟他说,我就是放不下这段记忆,所以它就这么露在外面。

他说,这叫他想起他母亲的一只餐盘,与一整套骨瓷餐具不相配,他家从没有用过这只盘子,可是这只盘子太独特,太好看,扔掉就可惜了,于是他们就拿它作装饰。

亨利·布利斯

THE RITZ LONDON

哈喽,乔治:

　　我换了家宾馆,因为这里的侍者待我很好,他们都穿双排扣白色西装,我想你会喜欢的。

　　我一直在想丽贝卡的姐妹和外祖父。我思忖他们可能还不知道这事。

　　我不知道我们怎么能找到他们——因为我不记得她的镇名。

　　想想我该做什么。

　　还有——我真希望有她画的一张画。她是那么有天赋的画家。

　　我猜想你也没有吧?

　　矢至不渝的

　　亨利

嘿,乔治:

昨儿发生了一件事,又古怪又叫人不安。一分钟内就要降落丹麦,一个很老的男人,与我隔几个座位,大声嚷道要用卫生间。几秒钟后,飞机落地,老人座位上散发出的臭味令一个女人呕吐。老人哽咽起来,每个人(除了我)都看着他。一个空姐挽他下飞机,他转身面对呕吐的女人,说道:

"有一天,你也会这样。"

亨利

约在空中过了一年,通信问题解决了。在飞往上海的飞机上,你在座位袋中的商品目录里看到(并且购买了)两台迷你卫星传真机。降落后,这两台机器便已到你的宾馆。你记下两台机子的传真号码,请宾馆前台将另一台(盒上写着你的传真号)寄到乔治在西西里的住址。

两星期后,在阿姆斯特丹宾馆,你的传真机响起。绿灯闪烁,你忙从宾馆书桌抽屉中找来一张纸,按照说明书第732页上熊猫所指导的那样,把纸塞进机器。

迷你卫星传真机

亲爱的亨利:

　　你读到这个了吗?这小机子管用吗?我有点觉得这东西是骗人的玩意儿。要是管用的话,你能不能发个传真来?你要是能读到这个,我终于可以松口气了,因为我们又能说上话了。

　　我还想问,你为什么这样不停地满世界飞。我知道这是你应对那件事的方式——与我拿醉酒来迷惑童年记忆一样。请你来西西里,与我一起住。我会在这里给你一个家的。我知道不会跟从前一样,可是你至少有个朋友。我不多写了,不晓得这玩意儿管不管用。皮特森教授总写信来问我你在哪里。

　　我怀念在医院的读书俱乐部。

　　爱你的,
　　乔治

　　又及:你果真读到这个的话——感谢这台迷你卫星传真机,还有,怕你惦记着,我还没有喝酒。

亲爱的乔治:

你可收到我昨日在阿姆斯特丹传真的回信? 终于收到你的消息,我着实放心了。

我在密歇根。我想这里跟我一样,一度壮观,满怀希望。但如今,人们夜里睡在街上的纸板箱下。

今晚,我去宾馆的餐厅吃晚饭,我突然很为曾经发生的一切难过。就好比我们活在这个天堂,却不知道这就是天堂。

死亡使一切显得真实。

我得打住,火警在响,有烟

HOTEL PFISTER

RAY SMITH, President.   RAY SMITH JR., Manager

MILWAUKEE 2, WIS.

发自威斯康星州——美国牛奶之地

　　继续…

　　我要说的是,过去一星期里,我绝望极了,好像只是顺应人生的轨迹。我想不出有什么比对丽贝卡的思念、想象与她有个家这些想法更能唤起我的兴趣。

　　我真高兴你还没喝酒——我一直惦记的。教授真好,还担心着我。他待我确实像父亲一般——不过,我觉得我对他一无所知。他一辈子果真在什么山沟里度过?

　　早点回信来,亲爱的乔治。

　　亨利

　　又及:上一家宾馆起火,我便回了机场,飞到了密尔沃基。

迷你卫星传真机

亲爱的亨利：

努力朝前看，向往一些积极的东西。

我想说的是，给自己找些可以期待的事。你得活下去，我们前面还有大半人生。我现在还去教堂，我知道听来糊涂，不过就坐在那里，对着一具钉在十字架上的硕大木尸，倒也有些好处。我连牧师在讲些什么都听不懂。

我在学着面对这件事，也碰到一个帮我的人。

始终是你的，

乔治

CERULEAN TOWER
TOKYU HOTEL

亲爱的乔治：

我希望你能收到这个,我的迷你卫星传真机里叫作超级碳粉的东西快用完了。

你的呢？

这台打字机也得修一修。

你遇见一个人,我真替你高兴。你看上去挺幸福的,乔治,我想这个人是女人？要是这样的话,她真幸运,因为你是个极好的男人。

别担心我。我今晚有点醉了。(日本清酒)

我一直希望你幸福——你知道的,对吧？

就算一开始,我知道你也爱丽贝卡的时候。

爱你 亨利

223

GRAND HOTEL DEL MARE
BORDIGHERA

亲爱的乔治：

　　几天前,去往古巴哈瓦那的飞机上,我坐在一个盲女孩旁边。在空中的第一个小时里,她在纸上画下千万根小线条。我心里想着,这倒挺有趣的,不过后来就睡着了。

　　飞机降落时,我醒来。

　　飞机滑向搭乘口,盲女孩递给我画着线条的纸。我觉得好古怪,但还是谢谢她。我说要扶她下飞机。她微笑了,我发觉她长得很好看。她说等大家都下了之后,乘务员会来帮她。

　　继续……

224

GRAND HOTEL DEL MARE
BORDIGHERA

继续……

　　我在机场买来三明治和特浓咖啡,然后找了个地方,坐了几个小时。我打开盲女孩给我的纸。画的是一只手。

　　她画下的千万根小线条,竟完全符合我的左手。

　　每一根线条、每一处隆起、每一道伤疤,画得异乎寻常地精确。

　　然后我想起来,她从我身前挤进座位时,无意间将手搁在我的手上。她的手柔软、轻盈、温暖。

　　吃完三明治,我瞧着自己的手,觉得从来不像她画得那么好。盲女孩的头发是暗红色的。及至眼下,在世界飞行使我能活下去,因为我觉得在往前走。

　　爱你的
　　亨利·布利斯

亲爱的亨利：

　　你有一周没写信来了，所以我想给你写信。皮特森教授在我这里，还有克丽斯蒂娜，现在我与她一起住在这所房子里。教授非要我写在他给你买的这张明信片上——但愿传得过去。

　　我把你的近况告诉了他，他很担心。对不起，可我想让他知道。我想这很重要。他同意我的看法，也认为你该到这里来，请你考虑考虑。现在我还有架钢琴，在上音乐课，学亨利·普赛尔的简单小步舞曲。

　　爱你，乔治

　　附：我以前爱丽贝卡，是出于与你不同的理由。

亲爱的乔治、克丽斯蒂娜、皮特森教授：

　　我渐渐喜欢上空中的生活。我不晓得在地上还能做什么。尤其在夜里，一切都那么祥和。教授：请不要担心。我想念你，想念我们在曝日下岩石上的工作。

　　爱你们
　　亨利

四十一

在世上飞行第二年的某一日，你不经意间望向飞机窗外，只见飞往阿拉伯联合酋长国某地的航班，改道飞过雅典上空。

你咬紧嘴唇，狠得流出血来。

乘务员见一个男子坐在座位上流血。她给你端来一杯水，问你需不需要药柜里的什么药。

"这里有药柜？"

"是，有的。"女乘务员说道。

她给你创口贴，一粒镇静剂——药丸立刻见效。随即而起的梦境中，你在水底，沁凉的爱琴海水将你覆盖，你游啊游，长久地屏息，久得不切实际。

丽贝卡的身体在前面，缠绕在海藻间。你向它游去，水流将它卷去。它撞着礁滩浮沉，青花鱼群为它分道，滑过海底沉没商船的腐朽甲板。还有她的头发，随波漂荡。

然后她的一只鞋子脱落，好像自己逃离，盘旋着袅袅而去。你记起这只鞋子曾经去过的地方。你记起早晨鞋子摆在床边，她的鞋码，37。

你醒来,身穿穆斯林布尔卡长袍的女人们在翻头顶的行李箱,找行李。

一个婴儿号啕大哭。

她为何不转身游向你?

离希腊数百英里远的地方,是早晨。虽是冬天,树上却仍挂着橙子。你想象红绿灯前停止的车流。欧摩尼亚广场周围主干道上的出租车。身穿黑衣的老妪坐在教堂台阶上,硬邦邦的鞋子弯曲,弓向一侧。你想象你的老公寓。一张书桌,桌面掠过鸟影。

你阳台下的广场。黄昏的雅典城,蓝色的凉风。

星辰寥落缱绻。

日出,红光映照城市。几分钟里,石刻雕像染上红晕,鲜活起来,随后便消歇为冷淡的苍白,丝毫不能忆起刚才的一度激情。

你最后下飞机。在机场,你找个地方喝咖啡。邻桌的女人们在取笑杂志上的什么东西。

你在餐巾纸上写下丽贝卡的名字,将它留在那里。

你又喝下两杯阿拉伯咖啡,但镇静剂仍令你头脑昏沉。你得回飞机上去。你将身子拖到最近的售票台,买下一个航班的票。你睡眼迷离,凝视那人刷你的护照。

"请往205登机口,"他说道,"飞机在等你。"

你视而不见地接过证件,通过安检,上了飞机。一扣上安全带,你便沉沉睡去。

数小时后,飞机在雅典上空盘旋,你竟没有察觉。

四十二

在机场,你凝神坐了一个小时,满心疑惑。

没有任何心理准备,因为直到走进机场之时,你全然不知身在何处。

但这不是同一个机场。这是另一个机场——你从不曾来过。

你一时想给乔治发传真,可他会想来见你。你得自己面对这件事。

经年来,你绕世界飞行,却依然回到启程的地方,孤单甚于以往。

出租车的行李箱不能关紧。

往雅典城去的道路,并不是你记忆中的路。道旁立着玻璃窗硕大的店堂,俯视高速公路,聚光灯探照的广告牌,泊车停靠吸烟或喝咖啡的地方。

新机场熠熠闪耀。

你的心头微存疑惑,询问司机这是在哪里。他从后视镜中审视你。

"雅典,"他满不在乎地说,"希腊。"

你叫他载你去一家好旅馆。

"好旅馆?"他问道。

"好旅馆。"

"很好的?"他与镜中的你说话。

"好的就行。"

"行,"他说,"只要一家好的宾馆。"

"谢谢。"

"但不要很好的——因为我兄弟的老婆的叔叔是一家很好的宾馆的经理。"

驶过几条隧道,途经一座收费站,司机问你在哪里长大。你一时犹豫。

"雅典。"

"这里?"

"是的。"

"你父母是希腊人?"

你陡然记起,你是考古学家——还精通骸骨、死人、丧葬礼仪与习俗。此外,你受过教育,有个博士学位。你上过大学。你遇见过一个女孩。

"我在这里爱上一个人。"

司机转入另一条车道。

"这里的女孩,在雅典?"

"是的,这里的女孩,在雅典。"

"所以你才这么紧张?"司机笑道。

"我很紧张?"

司机在镜中瞧了瞧你。

"而且很瘦。"他说着,一面剔牙齿。

大约十五公里后,他又开口说话。他问你有无她的地址。你摇头。

"她姓什么?"

你蓦然觉得,虽有新机场、新收费站、新店铺、平坦的大道,你终究又回到了雅典。你又回到这里,你的人生曾在这里开始,在这里结束。

"你要是想起来,"司机坚持道,"打电话找我,我有个朋友,能帮你找到她。"

你希望他闭嘴。

"她是希腊女孩?"

"法国。"

"哦,"出租车司机说道,"那就没指望了。"

进入这座城市之前,在你眼里,一切都是陌生的。然后眼前是雅典希尔顿酒店——那尊奔跑之人的玻璃雕塑,随后是宪法广场、布列塔尼大酒店;回忆蜂拥而至,却与你周围这一切毫无关联。并且这座城市仿佛有些异样——它似乎已忘了你。

你抵达宾馆,司机按计价器显示的价格算钱——另加收费站付的通行费。你不明白。你以为这是诓人的把戏。你问他究竟想要多少。宾馆的门卫走出来,瞅了瞅计价器,自行加上通行费,问你要不要一并算在房费里。

二人盯着你。

新雅典人令你不知所措。

你给司机一半的小费。

"跟老雅典人一样。"你说着生硬的希腊语,门卫与司机勉强一笑。

"她要是希腊人的话,我还能帮你一把。"司机说道,坐回车内。门卫拎起你沉重的提包,拉开大门。

入住登记处,前台摆着一小篮青苹果。你要一个房间,接待员往电脑里打字。

"你想在雅典住多久?"她问道。她的指甲是假的,每碰到东西,便咔咔作响。

"我不知道。"

"一周?"

"兴许只待几个小时。"

"几个小时? 我们至少得住两夜。"她说道。

"好的。"

"你来过雅典吗?"

"我不知道。"

接待员笑了。

"你不知道?"

"我是说,完全变了样。"

"是的,当然啦。"她说道。

"或者是我变了。"

"房间很小,"她说道,"不过你有个很不错的阳台,要是你不怕高的话。"

四十三

你醒来,外面在下雨。

你听见走廊上传来笑声,客房服务车经过,叮当作响。有人在吃晚饭。

你打开阳台的门。

你望见宾馆对面楼上有两个女孩在吸烟、说话。白色内衣晾在绳上。

你在浴缸里放满水。水太热,你便穿上衣服,在房间里找咖啡机。没有找到,你下楼到大厅去。

一个男子和一个小孩与你一同乘电梯。他们各带一条毛巾。你怔怔地看着小孩,然后转眼看电梯按钮。你不知道哪一种痛苦更糟糕——为已经发生的事而惊骇,还是渴望永远不会发生的事。

你坐下,满头银发的魁梧酒保给你一杯特浓咖啡。他向你点头,却不曾停留。你的视线随他到吧台,他在那里戴上眼镜,略显苍老。

你默默望向窗外。酒保送来一小块蛋糕。他仍戴着眼镜。他在你身旁立了一分钟。

你永远不会知道他为何给你蛋糕,不过这让你心里好过了些。

这是星期天晚上,感觉也像星期天。

大约两年前,离这里不远处,你想自杀。

你上楼回房间去,水已凉,而且已无热水。你脱下衣服,裸身躺在床上。你思忖乔治在做什么。他与一个人一起生活——意大利女人。他不敢说给你听,怕你难过。

然而,两年前,你离开雅典时,便已死心,不肯体会新的感觉。

你不知不觉间睡着了。

又一天。

你醒来,坐在桌前。

桌面罩着玻璃。

你在镜中看着亨利·布利斯。

书桌上有七层抽屉,全是空的。你的门缝中塞进一份传单,推销下午茶。你放眼望向阳台的门,玻璃门上隐约映出一个疲惫消瘦男子的身影,身穿破旧的睡衣,独自呆坐着。

看似还要下雨。

若在此时,你的孩子该比弟弟大了。

窗外天际,鸟群如拇指印一般,远处阳台上几丛寥落的灌木,极目所及,电视天线与卫星电视接收碟缤纷杂沓。

你走向提包,拿出打字机。你把机器搁在桌上,往滚轴里塞进一张宾馆信纸。乔治要担心了。

房间里隐约有一股花香。也许是甘菊。那时候,你炉灶上的柜子里总贮存着一些甘菊。有时,你把花搁在锅里,倒入滚水。

丽贝卡以前坐在桌前喝茶。你欢喜地看着,知道她会留下过夜。

你的提包里装着你写下的东西。见到这些字写在纸上，着实叫人惊恐，但也使你得以从无力承认的一切中解脱出来。

你记得乔治曾说过，语言、词语、句子，好似庞贝城，一个完整却遭遗弃的世界。他说，你涂写的词语，如同绳索。你在语句间悬荡。你从字母上坠落，掉进往事的水潭。

语言，便如同饮取自己在止水中的倒影。我们只能从中汲取当时的自己。

密雨敲你阳台的门。

你回到雅典。

两年来，你四处漂泊，一如奥德赛，在地球上东飘西荡。

你宾馆所处的街区，不像你曾生活过的地方。这幢建筑是普拉卡区最高的，矗立在一条逼仄的街道上，街上回荡着出租车飙驰而过的轰鸣。

两年了。你的宾馆原可以在任何地方，阳台原可以敞向任何风景。外面，原可以是沙漠，或者大雪。

你住的宾馆一度很时髦。你能想象，一九七〇年代，衣着入时的男女前往蒙特卡罗、尼斯、戛纳的赌场途中，在此逗留，在这个大厅翩跹而过。他们身穿聚酯礼服，在卫城俯临的楼顶跳舞。如今他们应该老了，也许已经死了。

你的宾馆房间很安全，可能因为下雨，也很安静。雨下个不停，尘埃被荡涤干净。宾馆外公园里的矮灌木，带着湿气林立着。

你下楼去，向前台要镇静剂。她叫你去街角的药店买。

天气舒爽,十分澄明。

你还买了牙膏。

离丽贝卡去世,才过去两年。你看尽世界,却一无所悟。

四十四

次日,你醒来已是傍晚。天空橙黄。你在卫生间水龙头下喝水,蓦地涌起一股冲动。你穿上衣服,匆匆离开宾馆,心中坚定要去一个地方。

你一时想走着去,但似乎不是好主意。你直觉走不到那里——或者天太黑,你会在废墟中迷失。

你靠直觉找到蒙纳斯提拉奇地铁站,但这里的一切都变了。立着英文标识,站台干净,还有自动售票机。地铁站中央的报亭能上网,一半杂志是英文的。

你跨过开往基菲西亚地铁的橙色门。有一个空座,但你没有坐下。

几站过后,一对年轻人在欧摩尼亚站上车。他们在众人眼前亲吻。他的面庞瘦削、泛红。她戴着圆圈金耳环。他几乎比她高两英尺。亲完后,他抚摸她的头发。人们视而不见。

不久,你就会抵达她的门前。

地铁趋近她的车站,你想起脸上扎着碎玻璃死去的女人——血痕从脸上流下,宛若红珊瑚,坠墙散落的砖,如同一块块面包。

坐在雅典机场时,你便知道你会去那里的,所以才会留下。回到一切发生的地方,会使你更接近她。

你想象她站在门前，走上台阶，或者靠墙坐着，拿着一本书。生命会填充声音、纹理、光线这些细节。我们有足够的力量想象当下，却无法想象生命。

因为期待那不会发生的事，你的心怦怦地跳。

驶近她的车站，地铁渐渐减速，却没有停下。人们相互对视。

无人知道地铁为何不停。

下一站，你冲出车门，急喘粗气，急急朝来的方向往回走。地铁站外有个摊贩，在卖粉色塑料吹风机。十几个小女孩恳求母亲买一个。摊贩拿毛巾擦李子。一群猫在敞盖的垃圾桶中翻寻。

你离她的公寓越来越近——但并不是以你意料中的方式接近。你从新的方向回归。路上歪倒着断枝。孩子们在枝杈上跳跃，欲将断枝从粗树干上蹬下。你又沿着铁轨走了十分钟，直到看见一幢建筑，挂着SANTE 的蓝字标牌。此时，你知道你已在这里。是时候屏住呼吸潜入水中。

一辆滑板车飞驰而过。一时间，你想象自己会发现她活着——两年来，她在哀悼你的死亡。你暗中魂魄会不会回到死前去过的地方。他们坐在喷水池前回忆吗？他们坐在无形的摇篮旁吗？他们俯首看着这些他们永远不能理解的沉睡中的生灵吗？

古希腊的墓碑雕刻人生最后一个场景。母亲将孩子递给生者。父亲向活着的儿子挥手告别。女人伸手探向在来世等待的丈夫——他站着，待她趋近。

你想象丽贝卡被刻在一方石碑上。

她挽着你和乔治的手，但没有脸——因为人不能召唤完整的脸庞这样的记忆。

　　猝然间,你到了她的街道。你举目望去,在无边黯然的悲痛中,期待看见她站在阳台上等你。

四十五

她的公寓楼没了。没有留下一丝痕迹。在那块地上，建起一群公寓大厦，十五层楼，安着小窗。阳台装有黑色栏杆。遮篷面料与钢铁的颜色相衬。向晚的阳光下，锈蚀的阳台上，再无破旧的床单被风吹起。大门前没有打盹的狗。原先长着枯萎、凋谢的花，如今齐刷刷罗列着绿色塑料灌木。

楼底有车库。一个标识这样指示。大门沉甸甸的。摄像机与视频监控，省得住户去阳台上看谁在按铃。

你原期待见到帐篷、瓦砾、被遗弃的车辆、随地零落的火光。

你低头看脚，见地上爬满了蚂蚁。

蚂蚁爬上你的脚。你移步，将它们拂落，然后走开。

一切都已改变，只有你依旧。

你路过一间茶室，人们曾在这里吸烟，下双陆棋。现在这是时髦的餐馆，设有十几台纯平液晶电视机。老人坐在凳上，刮刮卡，眼望电子屏上变换的数字。年轻人坐在塑料桌前，拨手机上的按键。玻璃圆亭取代了原有的大理石柜台，里面有一张脸，正朝外看。老人拿着塑料杯喝咖啡。明亮又嗞嗞作响的新荧光灯管代替了从前尘封的灯管。

你继续往前走。月亮清冷。

一堵矮墙上画着涂鸦，墙头糟朽不堪。你走近前去，将一只手掌贴在墙上。你感受到墙内微弱的城市震颤。那个你曾深爱的城市。

你在一家餐馆前停步，丽贝卡曾带你来这里。

你从窗口望进去，主要的座位区似乎已关闭。椅子叠在桌上。工具和杂物堆在桌布上，搁在墙角，你和丽贝卡曾坐在草编椅上，谈到夜深。她喜欢吸你的香烟。那时候，她的街上还摆着一排垃圾箱，狗睡在下面。流浪猫睡在敞盖的箱沿。他们蹑足走过，不发出声响。

餐馆内的男子立在旋转烤肉架旁，狐疑地看着你。你走进门去，要一个索瓦兰吉烤肉卷。他歪着头，从一堆皮塔饼上揭过一张，转向烤肉架，切下几片。然后他把肉与炸薯条、酸奶一起裹在饼里，装进纸筒，递给你。

你问可否坐下。他点头，这是希腊人说不的方式。

你犹豫着。

"看。"他说着，拿刀指着堆积成山的箱子、旧电脑、塑料盒，它们散落在这个你曾经爱恋的地方。

你立在门旁吃。人们从你身旁擦过。肉卷甜腻，且不热。每咬一口，就是一次痛苦的努力。吃完后，你在摊亭买了一包烟，回到她的公寓楼前。你虽两年不曾吸烟，却在台阶上一支接一支地吸起来。你躺下，手捂着脸默默啜泣。

你睁开眼，天已黑。你睡着了，有人推你。两个警察。拿警棍的说了些话，另一个人在笑。接着他用英语问你在做什么。

"我睡着了。"你说道。

"你住在这里？"拿警棍的问道，擎起警棍指向阳台。

"以前。"

两人说了几句话，听了听对讲机。他们似乎对你没了兴趣。

没拿警棍的掏出一叠纸："你在雅典有公寓或宾馆吗？"

你点头。

"有什么证件吗？"

"在宾馆。"

"那跟我们走。"

他们扶你起来，引你走向蓝色小警车。他们先让你坐进后座，然后坐进前座。两人点燃香烟，飞快地说话，说的是一种你听不懂的希腊语。

拿警棍的在开车。另一个人从镜中瞅你。

"你想见那里的什么人？"

"是的。"你应道。香烟令你觉得难受。

两人都看着你，一时间竟不知如何问话。

"谁？"开车的问，一脸的满不在乎变成真心的好奇。

"住那里的女孩？"

"她不在家？"

"她不住那里了。"

他们点点头。

"我只是想她。"

"爱希腊女生是很难的，"开车的说，"尤其对你们外国人来说。"

你们到了宾馆，他们叫你下车。

"我的证件呢？"

"不用了。"

你锁上房门,脱光衣服。你赤裸着躺在浴缸里。你打开水龙头,却只有温凉的水。接着只有冷水。你的双腿与肚子起了一阵皮疹。

你伸手关掉水龙头。你坐在几英寸冷水中,颤抖。荧光灯映照出你脸上的红血管。你的双手在阳光下被晒黑了。指甲缝嵌着污垢。你想掏出污垢,却无力移动。

你觉得胃里一股沉重的压力涌上喉咙。你的双手颤抖,如烈焰焚烧一般闷热。你从凉水中立起,脚下打滑,摔在大理石砖上。伴随一声凄惨的长嚎,你呕吐起来。

地上满是污秽。你的手臂上也是。

气味如同辛涩的火。你又呕吐。你觉得块状物涌进鼻子。你的喉咙灼烧。

你的身体拒斥这个孕育你的城市。

从今往后,你便可以如你所愿地想象你的人生。

过去必须被重新创造为新的东西。

最奇怪的是，鳏鳏然，我活着。

——鲁珀特·布鲁克

第三部

四十六

你醒来，心里知道得离开，但无处可去。

十八个小时过去，你睡得厌烦了。

你的钱将用尽，也无人可借。

你坐在床上。你喝尽迷你吧台里的矿泉水，吃完杏仁，又吃开心果，把壳儿扔在空玻璃杯中。你闻到呕吐物的气味。

你看了看提包，灰扑扑的西装落在地板上。你知道最糟糕的已经过去。

你清理卫生间的污秽，洗了澡。鼻中的块状物已凝结。

你拿塑料剃刀刮了脸，不知怎的，竟想起乔治来医院看你时说起的博物馆。那是奇迹博物馆，他说，失物博物馆，不是计划出来的博物馆，是由从海中打捞的美丽东西慢慢造起来的。

你想去看看，再决定如何过以后的人生。

你想象打渔人从渔网中解出一块大理石时，露出怎样的神情。

你从宾馆溜进明亮的天光下。雅典又改变了模样。

街道曾经残缺断裂、阴阳怪气，眼前竟洋溢着温暖。你觉得那股温暖拂过你的手臂和脸庞。

一种安详的感觉。

游人向你微笑。

摆摊的小贩欢快地招揽你。你开始明白,如释重负,一夜间,你变成了游客。

雅典城乍地拥你入怀,如同慈祥的贵妇不认得年轻落魄时离散的儿子。

你在蒙纳斯提拉奇乘地铁,这一回往相反方向去。地铁比你记忆中的快且干净。

皮里亚斯的地铁站如今有了屋顶,站台被清扫过。身着制服的工作人员回答问题,询问带行李的人要去哪里。游人会记得雅典人是热心的。

你下了地铁,跨过站台与地铁间的空隙。一条流浪狗逛进来,问候你。

你走出地铁站,到大广场上。十分拥挤。北非人在街头卖皮夹子。皮夹子躺在床单上,拎手裹着塑料。

你在一家餐馆买了咖啡和油酥饼。你正吃着,身穿黑衣的妇人举着茶杯走来,你别转头去。她长叹一声走开。你想起乔治。他会急坏的,但你得自己面对这件事。

你向坐在长凳上的两位老人打听博物馆,他们不会说英语,只是点着头。你又用生硬的希腊语询问,得到同样的答案。

坐在教堂台阶上的女人也不知道。她正往手机上按键,却找不着字母,手指在键盘上绕转,好似施咒。

一个男子坐在倒扣的水桶上,折叠桌上摆着卖小管胶水。桌上还有黏贴起来的各色物件。

他不知道博物馆在哪里,却问你有破东西没有。

"一切。"你用希腊语说。他把一管胶水搁在你手里。你递去一些硬币,但他推回来。

你走过热闹的市场。硕大的鱼摆在冰块上。有些鱼身子蜷曲。小鱼儿被舀入锥形纸筒。

你看见玻璃柜后红色聚光灯下挂着牲畜,露出内脏,任人细观。

希腊男子招揽你近前去。你走过时,个头很矮的男子在哼曲子。你闻声转头看去,他携起你的手,引你看他的鱼。他的脚很小。

你站定,看鱼列在冰块上。他笑啊笑,直待你指着一条小鱼说:"好的。"

他包起鱼,然后眨眨眼,丢进一只小章鱼。你付了钱,问他可知道博物馆。

他从没听说过,不过鱼是他兄弟打来的。

你继续走,走进这个雅典港口的混沌深处。你问过十来个人如何去博物馆——还问过出租车司机——却无人听说过遗失之物的博物馆。

你转身循来路往回走,拎着一堆不能吃的食物。但你已认不出来时的路。你兀立,周遭的一切在旋转。

你坐在公园旁的树荫下,一个风度翩翩、戴着太阳镜的男子忽然现身。他柔声询问你是否迷了路。他的指甲修得很完美,双手光滑。他正要跨上停在长凳旁的宝马摩托车。他身穿深灰色西装,银发齐整地梳往一侧。

你解释说，你在寻找遗失之物博物馆。

"皮里亚斯博物馆？"

你无力地点头。

"转头看。"他说道。

你身后立着一个小标识，箭头指向一幢长形白色建筑。上面写着希腊语**"博物馆"**。

他跨上摩托车。你望着他驰去，心里真希望他留下来。你想起乔治。他还不知道你在这里。他在西西里的某个地方，在阳台上喝咖啡，又爱上一个人，清扫那座城市扬起的尘埃。

四十七

一个女人在吸烟,指甲养得很长,问你是否要把包留在柜台。你说不用,她问里头装着什么。

"一条小鱼和一只章鱼。"

她看着你,一脸狐疑。

"我宾馆的房间连个厨房都没有。"你又说道。

"那你干吗买?"

"我觉得卖鱼的挺可怜的。"

她用希腊语对保安说了些话,说完笑起来。但他耸耸肩,看看你,倒不是出于好笑,却是带着敬意——好似他也曾辛苦地打鱼。

一楼是从海里捞起的雕像。你能看出来,因为大理石如灰色硬海绵一般。

一些展柜中只有肢体,有些肢体上长满了绿苔。

你走进一间展室,里面陈列着一个阿尔巴尼亚劳工在海上垃圾场发现的墓碑。墓碑上雕刻着场景。

疲惫的雕刻匠所想象的人生最后一幕。

死者睁眼看着生者,情愿自己已失去生命。面庞没有细节,因为希腊人懂得一个人的经历，也是每一个人的。

我们都坐下来吃同一餐饭，只是在不同的时间。

其中一块墓碑刻着一个女子，叫厄瑞涅，来自拜占庭，死于分娩。浮雕上，亲眷抱着她的女儿，他们将会抚养她长大。厄瑞涅伸出手，第一次也是最后一次触摸她的孩子。

另一块石刻上，一个叫安东的男子，一手握着死去儿子的手，一手抚摸仍活着的儿子的下颌。

保安自前台出来，远远跟着你。博物馆里只有你一人。

楼上一间展室中，有三尊硕大的青铜雕像。因年代久远而生满绿锈——但细节仍清晰可辨。每一位神灵都伸出一只手。你坐下，久久看着它们。

你难以裁决，这伸出来的手，是给予还是夺取。

昨夜在宾馆卫生间呕吐之后，你伏在地上哭了几个小时——不知怎么，你醒来看到的是另一座城市。一夜间，你上演那场小悲剧的舞台已坍塌，替代的新场景已造好。

下一个展室陈列的一条中楣雕带，惊得你不能呼吸。

眼前，你的人生片段被刻在大理石上。

床上躺着一个年轻女子，已经死去。两个男子与一个小孩立在旁边看着她。希腊医神阿斯克勒庇俄斯站在女子旁，双手搭着她的颈项后背。他要将她起死回生。男子和小孩睁眼看着。

阿斯克勒庇俄斯的母亲在分娩时死去，他还在母亲的子宫里。但是阿斯克勒庇俄斯的父亲爬上燃烧妻子尸身的火葬柴堆,嘴里咬着一把刀。他剖开她的肚子,掏出未出世的儿子。

男孩渐大,发觉自己有治疗能力。他的能力渐长,某天竟能将死者唤醒。因为这一能力,宙斯用雷电将他劈死。

你想起你的父亲。你想象母亲子宫的涌动,你离开一个世界,进入另一个世界之时洄溯的漩涡。

想象弟弟长得什么模样,似乎是徒劳的,因为他死的时候,还是婴儿。

你心头万千思绪,顿时井然排出秩序。

你明白你终于长大,青春已尽。你的青春换来知识,你必须学着负荷的知识。你也须接受,死亡是美最繁复的形式,也是叫人最难以接受的形式。

自此往后,你将始终清醒地知道自己在做什么。未来的任何感觉,不论是喜是悲,是心动还是遗憾,始终都会意识到其结局——带着你年轻时不曾留意的阴影。百端情绪化作深沉的情感。你会称赏细碎的事物——并且一如自知劫数难逃的人那般有信心,迈着坚定的步履。

你离开博物馆,手拎鱼包,徐步走在路上。汽车停得密集,保险杠相吻。你路过一家肉店,接着是一家理发店,女人们坐在椅子上吸烟。

一个父亲肩上扛着儿子。父亲嘴里叼着烟,男孩在笑。他揪着父亲的头发。他们像火车头一般走过。

现在你想着自己的父母。

坐在椅子里看电视。你很久没有见他们了。

你寄去明信片，时不时从东京、伦敦、贝鲁特给他们打电话。他们以为你在出差。

你总跟他们说，你还好。

他们告诉他们的朋友你还好。"在希腊忙得不可开交呢。"你父亲说。

街尽头立着蓝色电话亭。

电话蓝得像大海。你站在亭内。

话筒的标签上写着：

Πρέπει να είστε η αλλαγή που επιθυμείτε να δείτεστον κόσμο

（你必须是你想在这个世界看到的改变。）

你永远不会知道这是什么意思。

你决定给他们打电话。你倦了，但仍怀着新人生的希望。这感觉就好像你能够承受一切——或者说你能够接受一切，换句话说，如果你所以为的和你所想的终究落空，你也不会难过，不会惊讶，不会活不下去。

你拨通电话接线员，按下英国父母家的电话号码。接线员叫你等待。电话响起。

接线员又回来。

一阵混乱后，他们同意付费。

四十八

爸爸:7501478?

亨利:嗨,爸爸。

爸爸:亨利?

亨利:你好。

沉默。

爸爸:你还好吗,儿子? 我们好几年没你的消息了。

亨利:我知道。

爸爸朝背景中喊道:"是亨利,亲爱的。"

爸爸:一切都好吧?

沉默。

亨利:其实不怎么好。

沉默。

爸爸:嗯,我相信慢慢会好起来的。

沉默。

爸爸:亨利?

爸爸(对背景里的人说话):亲爱的,把电视声音关小些。

亨利:真高兴听到你的声音。妈妈在家吗?

爸爸:她在。怎么了？一切都还好吧？

亨利:她好吗?

爸爸:她在看《伦敦东区》。你还好吧？她向你问好。

沉默。

爸爸:挖得怎么样?

沉默。

爸爸:亨利?

亨利:我没在工作。

爸爸(疑惑地):在休假?

亨利:是的,我在休假。

沉默。

爸爸(担忧地):哦。

沉默。

爸爸:我们有两个月没你的消息了——你妈妈担心起来。你上回打电话来,是在保加利亚——在那里挖?

沉默。

爸爸:亨利?

亨利:我很爱的人死了。

沉默。

爸爸:谁?

亨利:你不认得她。

爸爸:你在那里认识的?

亨利:是的,她是法国人。

爸爸:她死了?

亨利:是的。

爸爸:她怎么死的?

沉默。

爸爸:很突然的?

亨利:她被压死的。

爸爸向妈妈耳语这个故事。妈妈倒抽了一口气,抓过电话。

爸爸(在背景中):哈莉亚特!

妈妈:亨利?

亨利:妈妈?

沉默。

亨利:《伦敦东区》好看吗?

妈妈:还在放。谁死了?

亨利:一个朋友。地震时。

沉默。

妈妈:两年前?

亨利:大概是。

妈妈:你怎么现在才告诉我们?

沉默。

亨利:我不知道。

妈妈:还出了别的事吗?

亨利:还不够吗?

爸爸(在背景中说):他以前从没说过。

妈妈:你以前从没说过。

亨利:我知道。

妈妈:你应该告诉我们。我们是你的父母。

沉默。

爸爸(接过电话):亨利,你怎么不告诉我们?

亨利:我不知道。

爸爸:我们还以为你跟教授快乐地工作着。

亨利:本来是的。或者至少我以为是的。

爸爸:他怎么看这件事?

亨利:我还没见过他。

爸爸:这是什么意思?

沉默。

爸爸(口气沉重):他也死了,亨利?

亨利:我想没有。

爸爸:你想没有? 亨利,究竟怎么回事?

亨利:他没死。只是我没见过他。

爸爸:你在哪里?

亨利:皮里亚斯一个电话亭里。

妈妈(在背景里):他现在在哪里?

爸爸(在背景里):某个地方的电话亭里。

妈妈(在背景里):他在那里干什么?

爸爸:你在那里干什么? 你在哪里?

亨利:我来看博物馆。我在雅典。

爸爸:现在谁管挖掘?

亨利:我有一阵子没去了。

爸爸:为什么不去?

亨利:我在旅行。

爸爸:是的,我们知道一些,出差。

沉默。

亨利:我不知道怎么办好,不过现在熬过去了。

爸爸:儿子,我们好几年没见你了。

妈妈(在背景里):好几年了。

爸爸:好几年了,亨利。

亨利:我知道。

爸爸:你有钱花吗?

亨利:没有。

爸爸:你还住在那公寓里?

亨利:没有。

爸爸:你住哪里?

亨利:宾馆里。

妈妈(在背景里):那公寓呢?

爸爸:那公寓呢?

亨利:别人住了。

爸爸:亨利,你到底怎么了?

亨利:丽贝卡死后,我就一直到处走。

爸爸(在背景里):有个叫丽贝卡的女孩死了。

妈妈(在背景里):他女朋友?

爸爸(在背景里):我哪儿知道,哈莉亚特。

爸爸:你在工作吗?

亨利:没有,只是想事情。

爸爸:想什么?

亨利:想丽贝卡。还有弟弟。

沉默。

爸爸:亨利。

亨利:我想了很多。

沉默。

亨利:爸爸?

沉默。

亨利:我现在觉得没事了。

爸爸:我知道了。

妈妈在背景里,想知道他说了些什么。爸爸说等会儿再告诉她。

爸爸:你要多久才能收拾好东西?

亨利:大概十五分钟。

爸爸:十五天?

亨利:是的。

爸爸:你来前两天,告诉我们具体时间,我们去机场接你。

沉默。

爸爸:想打电话就打来,儿子。

亨利:谢谢。

爸爸:我和你母亲压根儿不知道有人死了。

妈妈又夺过电话。

爸爸(在背景里):哈莉亚特!

妈妈:丽贝卡是谁? 你从没说起过她。

亨利:我碰见的人。

妈妈:女孩?

沉默。

亨利:是的。

妈妈:女朋友?

沉默。

亨利:我一直四处走。

妈妈:嗯,我们想你。

亨利:真的?

妈妈:可是你一直过自己的人生。我们不想来搅扰。

亨利:我觉得我走偏了。

妈妈(在背景里对爸爸说):他觉得他被吹离了方向。

爸爸接过话筒。

爸爸:回家来,儿子。

亨利:谢谢。

爸爸:你到宾馆后给我们打电话,把具体情况告诉我们。

沉默。

爸爸:我们根本不知道你女朋友死了,你早就没工作了。回家来住一阵子。一时不想工作也没关系,反正还有你奶奶留给你的钱。

四十九

电话亭旁停着一辆雅马哈小摩托车,车座破裂。附近一幢楼里,有人在钻孔。公交车嘶嘶响着驶过。绿灯亮起,老人们调到最低挡驾驶,迟迟不肯换挡。人们相继走出银行,然后在街上磨蹭闲聊。

一个小女孩手拿紫色塑料吹风机,吹头发打扮自己。一些三合板靠在一间亭子的金属墙上,早已被遗忘,顾自腐朽。人行道上满是灰尘。路障被车辆撞得歪斜。街对面,一个女人往店铺里挂招牌,上面写着:MEGA BAZAAR(大杂货店)。

又一小女孩拿着塑料吹风机。一个男子趿着拖鞋,站着吸烟读报。一个年轻人骑着摩托车,她的 T 恤上印着:I LOVE YOU, BUT(我爱你,但是)。远处,炙日下远山焦秃。

又一个小女孩手拿塑料吹风机。

穿着旧马球衫的男子手上转着球。这些男子在你周围转来转去。他们无事可做,想说说话。可以打发时间。晚上点灯后,坐在餐桌前,也好有事可以回想。

你也觉得孤单。你站在列奥弗罗斯·伊隆·波利特克尼奥与查利拉奥·特里库皮十字路口,暗下决心,要克服孤单,必须先征服畏惧。以前是畏惧被拒绝,如今是畏惧过去。

土耳其人统治雅典时,皮里亚斯港空荡荡的,没有人烟,城市边缘,广阔的一片尘土,废墟星罗棋布。曾经连名字也被遗忘。但是渐渐地,它从灰烬中立起,满地是人、车、船、自行车,热闹的鱼肉市场,结实的柠檬仍带着干枯的叶子,读报的老人,时而有一只只小手探向卖塑料吹风机的摊子。

五十

从此刻起,你的人生将如何过下去,已十分明白。事实上,未来如此易于意料,你站在雅典街角,便可览尽余生。

你想象在电话亭附近找个地方,搁下鱼包,径直回英国去。

在那里,你要检阅儿时的东西,再为人生选择一条去路。

你已能感觉事情在发生。

数月间,静静体会失落。

申请伦敦某博物馆办公室的工作。

你会买间公寓。

爸爸会开着路虎载运你的行李。

妈妈会从厨房柜中拿下罐头,装一箱子给你,一些罐头会是过期的。

爸爸在找硬币,塞进停车计时器。人们走过,看见一车子等着卸下的东西。你会重新适应城市生活——重新适应生活在别人的眼睛下。

然后,从附近外卖店叫来晚饭,与父母在空荡的公寓里吃。新刷的油漆味。

父亲一如往常,颇有兴致。你的钓鱼竿靠在墙角备用。

第一年,你会默默工作,交一些朋友。

晚上,通常你会回家,在电视上看电影。温暖的下午,你与同事一起去酒吧,看大黄蜂绕着酒杯飞转。

同事看你是约三十岁的内向男子。

有人会暗自倾慕你。

无人会知道你其实是一个老人,一个已被毁灭的人,内心承载的悲恸深重如斯,如一股摧不垮的力量。有人向你诉说凶信——他们的祖父母、得了癌症的姑妈、一天早晨突然出车祸的堂表兄弟,你会佯装同情,而不是无动于衷。

你终究会在伦敦遇见一个女孩——也许名叫克洛伊或爱玛——也许在夏日的酒吧,或者在查令十字街福伊尔书店排队上卫生间时。她会主动介绍自己。年纪略比你大,不能再被动地等待。你们会说些闲话。她会是喜欢书的——大学上的是剑桥,不过已是很久很久以前的事。她孤单。不必了解你,她便会感受你的内心深处。你们两个人都不曾留意天色已晚。你会提议送她回去。她会在玛莎百货停下,转进去买晚饭。你在旁边看她从架上取东西,装进篮子。你会帮她提篮子。她会问你吃过晚饭没有,你会说没有。你会在晚餐前晚餐后与她做爱。这会是很多夜晚的第一夜。双方的母亲会急着要知道一切。得把屋子收拾干净。你会被她的朋友接纳,他们风趣平和,不过喝醉后会谈论你。

不久后,你会在圣诞节第二天拜访她的父母。她父亲说笑话,你会陪着笑,她父母一面看她儿时的照片,一面叹息一切过得好快。她的弟弟会在房间里吸大麻烟,也给你一些。他会说你很酷,问你伦敦是怎么样的——甚至可能向你坦白自己是同性恋,虽然他并不是。

夜里离开,她与父母吻别,你站在门口,腼腆地朝他们挥手。在车里,她会将父亲赞美的话说给你听。你俩会笑起来。

对于她——这是你曾有过的恋情。

五年里,你会有第一个孩子,一个女孩。你会立即爱上她。她会看着鲜艳、移动的东西咯咯地笑,还有一些零碎东西——譬如面包从厨台上掉落。再长大些,她会光着身子跑开——不肯穿衣服。你送她去上学,她会哭,你接她回来,她也会哭。她会在夜里尖叫喊你,却不知道缘故。你会升职,策划一场大型展览,媒体也来报道。你会在《塔特勒》杂志社交版认出克洛伊或爱玛一些朋友的名字。你会在伦敦利柏提百货公司为克洛伊或爱玛精心挑选圣诞礼物。

还有:在科茨沃尔德过浪漫的周末,或者去纽约过长周末。

数年后,你会与年轻女子相恋,但是这段情事只会加深你对克洛伊或爱玛的爱,因为你明白,经年来,她已成为你的知己。

乔治又会开始酗酒,因饮酒得病,在马耳他或科西嘉之类的地方去世。你甚至不会知晓。房东儿子清理他的公寓,他的书籍与手稿被送往垃圾场。

某天,你的女儿十来岁,开车长途旅行时,她从后座探身,趴在两前座间,问你记不记得初恋的时候。

克洛伊或爱玛会伸过手来,捏捏你的手——这是她最脆弱的时刻,而她丝毫不知。

五十一

你从皮里亚斯博物馆回宾馆数小时后,警察又来了,前台打电话叫你下去。

电梯门开时,警察已经离开。

前台递给你一个本子,大多书页已被撕去。

"这是什么?"

"我不知道。"前台说道,接着将警察告诉她的话说给你听。那天打电话叫来警察的邻居,后来想起曾见过你——去看曾住在那里的女孩。也许你是在找她发现的本子。

"她是怎么找到的?"

"我不知道。"前台说。

你在电梯里打开本子。里头有字,是法语。看似十来岁女孩的字迹。

你在浴缸里放了水,带着本子去泡澡。

你光着身子站在清水与镜子之间,认出字迹。你坐在浴缸沿。必定是她的,你敢肯定。

本子散发出木头味。页间满是尘土。

没有日期,只有一条条记录——三页纸间,涂写简短的片段。

读得很慢。很多词语你不认得。你需要法语词典。

洗澡后,你往打字机里塞进一张纸,打出你读懂的部分。你抬头见钟表静静显示4:16。

这三页纸,这日记本中几行语句,全然否定了你对于丽贝卡的理解。

你觉得语言的残片将你哄骗,这种你不能完全读懂的语言。

真相似简单又残酷:对于你,她没有信任到能够告诉你这些纸上写下的秘密。可是现在,你对于她的记忆——如同小孩的肖像画,不曾受时间与死亡的影响,骤然在你眼前衰老,化作废墟。

你尚存人间以保全的记忆,竟是凭空的捏造。

你的快乐,你的凯旋,你的酷烈、你绵绵不绝的哀痛,竟只是缘于一桩风月情事———一场痴骇的希腊恋情。

每天早晨,我醒来,觉得碎扯百裂——比昨天、前天更破碎。每一天,每一个碎片裂得更细碎。

每个小时,我都在为宝宝做事,洗衣、做饭,玩耍、看着,总是看着——你不看的那一刻,总有事发生——你没看见,她就摔下来。

我累得精疲力尽,没有力气为自己做事。我的头发干枯。我没法子折腾它。一切比从前更叫我沮丧。

人生里头一次,我确切地知道我的未来。

兴许我该告诉这个父亲。在他卡车里的短短几分钟,一个生命便创造出来。兴许他梦想做父亲? 我怀疑。他大概是那种跟所有女人都干的杂种。

我所做的,跟母亲做的一模一样。

我现在就能想象,一二十年后,这个号啕的肉球在巴黎的聚会上。我的母亲,我的母亲会说——她一直想做有意思的事,也许做艺术家。我也这么想过。

我却只会待在丽涅埃尔-布同,无人听说过的村落,在车站餐厅打工。卡车司机仍会冲我笑——出于同情。我的脸和身体会枯槁。

我该怎样做?

我能感觉我的身体在变化。她不停地吃奶。我爱她的眼睛。

271

ELECTRA PALACE HOTEL - ATHENS
★ ★ ★ ★ ★
Member of the Electra Hotels & Resorts

也不全是坏的。我在这里写下最糟糕的事。要是我有丈夫,他可就惨了,因为我觉得男人都是猪猡。他们是猪猡。这下子,再没人会娶我。我完了。顶多只能指望几场一夜情。

她在午睡。

我想知道她会想些什么。

我恨她。

其实,我爱她,所以恨她。

她老是睡。每次我走到屋外吸烟,不停地吸,疯了似的。我好奇母亲要是知道自己做了外婆,会怎么想。我很想看看她的表情。我该想法子告诉她朋友——要是她有朋友的话,婊子。

外祖父跟滚球俱乐部去度假了。他们在尼斯,真开心。

我纳闷他怎么不给他女儿打电话,叫她回来。

我想他恨女人。妈的,我怎么就不能碰见个恨女人的男人?男人大多是懦夫。女人不是,瞧瞧母亲,她多有胆量。我爱我这小⋯⋯?不过我得把自己的问题解决了,才能再回来,然后我们就会更快乐,因为我会快乐起来。

失败养育失败?

也许我该离开,也许到巴黎去。

我操。我现在这么胖,肥肉都堆在大腿上。工作时系上围裙,

272

我的腰和腿就像一截树干。但是肥肉里面还是那个纤瘦的我,那个谈论萨特、加缪、热内来勾引男人的我——而他们只盯着我的胸脯。现在我只能说我还活着。只有我的脚踝还过得去。这个周末我该去都尔,看场电影,在什么地方喝咖啡,兴许跟一些男人调笑。也许我可以去看看姐妹。昨夜我给宝宝喂了奶,看电视上放的电影,三个男人回到中世纪。外祖父在椅子里睡着了。宝宝出世后,我和宝宝睡在他的大床上。他们的时光机器出了毛病,他们被困在错误的时代。看完电影,我照照镜子,看着自己的脸。然后我哭了一通。然后吃了一盒酸奶。然后去看看宝宝,心里一下子涌起母爱——圆圆的脸颊,小小的嘴唇,多可爱。像樱桃一样。我决心想想我的未来。我要列个单子,但是我回到床上,写下来的却都是蠢话,我不晓得除了做个痴肥的单身母亲之外,还有没有别的未来。然后我出于责任给宝宝喂奶,我恨自己这个样子。我想抛弃我在这世上最爱的人。

我能做个好母亲吗?我从来没有好母亲。这么说来,我和母亲倒比以往更亲近了。现在我终于理解她的感受,理解她为什么抛弃我们了。我想

完

273

五十二

这必定是丽贝卡的日记本,你认得字迹,还提到丽涅埃尔-布同,她的村名,你一向记不得。

她有个孩子。

你对自己说了一百遍。

这是她第二次怀孕。你感觉这是背叛,在你的体内,形同重压。

你思忖这孩子是否知道她母亲的事。你思忖这究竟是否可能。可是细节与丽贝卡的真实人生如此相似,必定是她的,哪怕是她虚构的。说来也怪,人死之后,我们获悉一些他们在世时并不知道的事。对于生者来说,纵使最微小的新细节,也足以砸毁心灵中些许残存的记忆。

第一个孩子在哪里?纸上写着一个日期,看来是丽贝卡来雅典两年前写的。可她不是在法航工作吗?或者那只是谎言,掩饰她做过的事。

此时此刻,那里也许有个小孩坐在床上——猜测今天门铃会不会响。

如果这不是新雅典城的新亨利·布利斯,这个实情便会抹灭你那劫余尚存的记忆。

你坐在床上,手拿日记本,在黎明时分睡去。

翌日午后,你去楼顶游泳。

泳池边炙热,宾馆一些客人将沙滩椅拖到阴凉处。日记本在楼下房间的床上。她大概怕若告诉了你,你就不会爱她。你原本可以在一年内成为两个孩子的父亲。你原本可以成为丽贝卡从没有过的家。

现在,你心里再没有事已安顿的慰藉感,你的希腊情事,将会永远在你心中兀自上演——悄无声息地绕着你的心捻转,犹如一张无头无尾的网。

眼下你满脑子想着这孩子。

丽贝卡尚存的片段。

这孩子长得什么模样?

你知道丽贝卡有个姐妹。孩子可能跟她在一起?

你在泳池边待了一整个下午。

你游一会儿,又躺回椅子上。侍者给你端来冰镇橙汁。你拿杯子在胸膛上滚,因为这样很爽快。余下的客人是波兰来的夫妇,年纪略比你大。女人们在池中聊天,男人们喝啤酒、开玩笑。他们定是在度假,过得很开心。

近傍晚,你乏了,想再看看日记本。

等电梯时,你见墙上挂着一方大理石浮雕。你走近细看,两手抓着脖颈上的毛巾,乔治以前总是做这个动作。这方大理石浮雕是那个博物馆浮雕的复制品,浮雕中阿斯克勒庇俄斯令一个女人起死回生,两个男子与小孩在旁看着。

你没有理会电梯,仔细研究浮雕,感慨它竟在你的宾馆出现,实在凑巧。

石刻小孩望着母亲复活,两个男子立在两旁。小孩因敬畏而张大嘴,她踮脚站着。阿斯克勒庇俄斯用自己的性命交换她的生命。

小孩双手合攥。

女人复苏,有了生命。

你想象她的眼睛圆睁。

欣喜的尖叫。

恐怖的尖叫。

她的心脏又开始跳动——她的嘴唇从苍白转为红润。

转瞬间,她的身体又变得轻盈、丰满。

但死者不会复活。他们在我们的心灵中凝滞,终于获得自由,他们在能够做一切又什么也不能做的天堂,再也不会犯错。

毛巾自你颈间滑落,电梯载满了人上来,你豁然开朗,明白接下来该怎么做。纵使驱策你的只是愤怒,你仍可以想象自己在法国寻找丽贝卡的孩子,走遍面包店、校园、超市门外投币玩具车、秋千、滑梯、公共游泳池、孩子嬉戏的空地。

你真希望留着一些丽贝卡的东西。你思忖乔治会不会有。你奔回房间,打开迷你卫星传真机。机器发出哔哔声,咔嗒作响,接着吐出纸来。乔治传来五页担忧的话语,你按下重置键,将机器挪到书桌上。

你拿过一张宾馆信纸,开始写传真。

两小时后,你吃过晚饭回来,见电话机在闪烁。你提起话筒,按下方形键。

是乔治留下的口信。他说他不相信。接着他没有说话。然后他想这是不是真的,也许压根儿就不是丽贝卡的日记本。他还没有装电话机,不过会去街角再打过来。

你写下传真,告诉他日记提到那村庄与她的外祖父和姐妹——必定是她的,还有不要打电话来,因为你马上要去法国。

乔治立即回复。

他要你去西西里,细细地谈。

他很担心你。

他不相信,他写道。他要你传真证据。

你写道,全写在日记本里,传不了,但这是真的,你认识丽贝卡的那些日子里,她在法国有个孩子,她丢下孩子逃走了。

乔治传真回来,写道他还是不信。必定是哪里弄错了。

他还告诉你,他上个月结了婚。你传真问为何不邀你参加婚礼。乔治答道,他以为会令你难过。

你答道不会的。你说你想要他幸福。他回复说,他很幸福,他希望你幸福,还有,丽贝卡真的有个"魅影孩子",还是你受了焦虑的刺激?

他的父母要来西西里看他的妻子。

你想起你的父母。你母亲会在厨房洗水池前洗手,看着还没有栽下的一盆紫罗兰。

你父亲在喝咖啡,读《广播时报》。

你与乔治告别,从宾馆给父母打电话。

你跟他们说,你的钱够回家去,但还有一件事情得先去做,然后就回家去,再也不离开。

你父亲说,他盼着见到你,还有上海国际迷你卫星传真机公司往家

277

里寄了两打信,看起来很要紧。

你合上提包,环视房间,目光落在庭院对面的一间公寓上。有小孩在过生日。大人们戴着纸帽。你打开门,远远传来聚会音乐,充满你的房间。

你的目光继续游移,又看向那里,被掌声吸引回去。有人打开阳台的门。一个男子,身上的白衬衫太大。他瞧见你在望,你认出就是那个邻居,送鱼给你的——为临终护理院煮毛巾——丽贝卡到你家来前去画像的那个邻居。

他向你微笑,弯腰抱起脚边的小男孩。他说了些话,男孩向你挥手。然后他俩转身,回到他们的人生中。你暗忖再得到幸福需要多久?

你伫望。

蛋糕来了。

愿望如渔网一般撒下。

五十三

没有一个司机肯去机场,因为再过十五分钟就是午夜,车价翻了一番。这是老雅典。你说有急事,可是无人理会。又不是他们的急事。

你四顾寻找 X95 路公交车,每小时一班去机场的。可是现在公交车那么多。

有个司机下车来喊,他载你去。

与大多数希腊出租车司机一样,他也不系安全带。他开得快过路上所有人,好似能感受到你在遑急地逃离。

广播在放布祖基弦乐。你从雅典城中飞过。你以一小时一百五十公里的速度驰过雅典希尔顿酒店,车身震颤。红灯,车身兀自哆嗦,插入一列电动车中。老雅典人又现身来将你掩杀——将你如琥珀中的苍蝇一般封存在它的记忆中。

高速公路分作数条车道,车流渐稀。店铺栉比:花店、手机店、敞开门的面包店、情趣用品店、五金店——橱窗中挂着就像可笑头颅的拖把、水泥公寓楼群、办公楼、停车场、工厂、桥梁、标识醒目的仓库。

一走进机场,你便不需回头。远处灯火明灭的城市,从此不再是你的。

　　在立满亭摊、散发着烹饪味、天黑后仍有孩子嬉戏的热闹街上，是另一个亨利·布利斯——另一个在青春末梢做梦的人——夹在热忱与厄难之间，天堂尚未见影迹，劫灰尚未施恩泽。

五十四

清晨,在巴黎上空盘旋下落。

斟酌的旋冲。

等候适时降落。

你暗忖谁在观望——你的视线迎着谁的眼睛。也许清晨一扇窗前,有人因远处一抹漫漶的烟迹、天际里跳动心脏中的一颗而心散。

你的座位之下,晨曦载曜,万物咸睹。你在塞纳河上俯冲而过,听见一对夫妇在争辩,手中仍擎着咖啡杯……汽车退出车库,汇入细碎的云中。你看见空荡的教室里男子手持扫帚……面包店明亮的窗户与疲倦的女孩……头发蓬乱的小孩子藏在被单下……

又一天来临。

引擎减速。机身底部滑轮伸出。空乘扣上安全带。她的头发束在后颈。她凝眸看你。

你在巴黎。

一座城市,千百个名字——绵绵千里,气息舒缓,吞吐出城郭村野。

一水贯城。

两岸遍是行人,幽思缭绕。

这座城市的心是一座教堂,那里钟声响起,愿望遍地。

公园里错列着树木和标示模糊的老雕像。

早上，你在法航商务休息室打印地图、宾馆、地址。系围裙的印度女人给你送来咖喱三明治和奎宁水。

然后你在租车柜台前排队一小时。

那女人特别慌张失措。轮到你时，只剩一辆车——商务轿车。她递给你车钥匙和一张纸，要你签名。贵得离谱，但你的信用卡似乎感觉到了你的迫切需求，不发怨言便付了钱。

合同上写有数字，指示车在停车场的位置。车钥匙是小小一枚黑方块，上有四个圆环。

你走到外面，看到三辆损毁的菲亚特，还有一艘太空船。

你将提包搁在后座，把钥匙滑入仪表板，启动引擎。车子顿时活了，弹出一面监控器，屏幕上提示，用法语叫你输入名字，再设置语言。你不懂怎么做，也读不懂法语说明，便写下亨利，摁下确定键。

侧镜如耳朵一般自动伸展。你思量开着时速达两百英里的轿车，在法国小村庄里，如何能够不扎眼。

你打开导航系统，输入她的村名。不知怎么，你设置了一种根本看不懂的语言。

调整座位后，车子说道：

آمل ان يكون نهارك سعيداً. أين تريد أن تذهب؟

（你好，白天快乐！你要去哪里？）

导航系统也是地图。你决定跟着屏幕上的箭头走。

行驶在巴黎郊外的公路上，非常容易。

四处是广告牌，兜售牛奶、巧克力或袜子。

车流在一条五车道的隧道前停下,你望向邻旁的车,破敝的雪铁龙,后座挤着五个孩子。他们面容清秀,透着英气。埃塞俄比亚来的一家人。你向他们微笑。一个孩子挥手。你真希望知道他的名字。

在巴黎南部行驶两小时后,你停下加油。你退出加油站时,车子说话了:

لقد ملأت السيارة بوقود الديزل، لديك 800 ميل قبل أن تفرغ، هنري.

(你的车已加满了油,现在共有 800 公升,亨利。)

"很抱歉,"你对监控器说,"我不懂你要跟我说什么。"

你用法语口音喊道:"重置,重置。"

لم أفهم الطلب يا هنري. أرجوك أن تعيده وسيسعدني أن أنفذ طلبك.

(我没有听明白你的要求,请重复一遍,以便我能帮助你解决你的要求。)

"重置。"

الصوتية، أرجو أن تضع السيارة في حالة الوقوف ثم أن تنظر إلى كتاب المعلومات الخاص بالسيارةللحصول على قائمة الأوامر

(听着,请把车停放到停车区,然后去看相关条例获得停车指令。)

"好吧。"

عفواً، أرجوك التكرار.(对不起,请重复一遍。)

"去死。"

ألغ.(胡说。)

又过了大约两小时,你在道旁服务站停下,去卫生间。一家人坐在草地上嚼法式长棍三明治。今天刮风。

一座桥连接 A11 高速公路两侧,桥内有一家餐馆。往相反方向去的人们坐在一起吃喝。

理论上说,这个想法相当高妙。桥四面是玻璃,只是你点的沙拉很久以前就已灰心。盘里的叶子打蔫儿,好像溺水死了。饭后,你坐在外面,聆听笑声。秋千上爬满孩子,有些孩子放开绳子叫喊。

在现实中,他们相视是路人。

你四顾这世界——眼望这些陌生人,一排排汽车,满载着帐篷、保冷箱、自行车、睡袋。多美好。你的旅程也在其中。

并无真实的人生,只有我们所想象的。

你苦苦寻找的小丽贝卡,可能也眼看着你从充满小房间和沸水锅的水泥塔上,盘旋降落到这个城市。究竟能否找到她,这事难以预料。

你又行驶了一百英里,在加油站停下。

烘手机自行启动。还有一台自动贩卖机,卖一种咀嚼的牙膏球。你买了五颗,开车时能有事可做。

不久,你发现买牙膏球是莫大的错误。你往嘴里放了两颗,没过几分钟,薄荷味的泡沫稠密如云,从口中满溢至腿上。你打开车窗,一气吐尽,再掬起几捧泡沫掷向窗外。许久没看到别的汽车。

默然行驶一小时后,车子又开始说话:

إن واجهت تأخيرا كبيراً، أتريدني أن أجد لك طريقاً آخر؟ أستطيع أن أجد لك مطاعم ممتازة قريبة من مكانك اقتراب في إشغال الطريق، افعل ذلك، هنري. هل أنت جائع أو ربما عطشان؟ بإمكاني

(如果时间太晚了,需要我给你想办法吗? 我能够在你位置的北面附近为你找到很好的餐馆。这是我可以做到的,亨利。你可能饿了或者渴了吧?)

"谢谢你这么说,车儿,你说得对,过去这两年,我过得很辛苦。"

عفواً(抱歉!)

"我还不知道,不过至少我在努力。"

عفواً لم أفهم(对不起,我没听明白。)

你终于抵达去丽涅埃尔-布同的出口。

天色近黄昏。你路过几条溪流。车前灯自动亮起。你移车开上狭窄的村路,从前为马匹与挥手的人们修筑的路——不是为超马力的德国汽车铺的。

你又驶了一小时,徐行过漫长的山隈,加速驰上山坡直道。再无别的车辆,偶尔遇见一辆拖拉机,碾过午后的田野归家去,一路扬起飞尘。

黄昏,你驶进丽贝卡的村落。

你打算睡在车后座,足够容得下两个人。

你徐缓前行,途经一座小教堂、一家护窗板紧闭的面包店。

丽涅埃尔-布同村好似一张洞开的嘴,只有数间倾斜的房舍、数棵披拂的树、一条懒懒流淌的河和一家咖啡馆兼邮局。

园圃里的老人向你挥手,他们在摘菜做晚饭。

他们的生活徐缓安宁。

无事发生,只有揣测会有何事发生的淡然幻想。

在变化无穷的原野信步闲游,那个问题飘然而至:那些曾经爱过我们的心,去了哪里?

一些屋里早早点灯,一些屋子似被遗弃——护窗板紧闭,如同空白的纸页,等待黑夜来填满。

285

你穿过杂草丛生、延至路外的铁道线。你见铁道线戛然止于谁家的花园前。

一座废弃的粮仓侧面,贴着一九三〇年代的广告,纸边卷翘。

小丽贝卡可能在其中一间屋里。

她继承了母亲擅长等待的本领。

你想象一个女孩坐在牧草场边,在金色的夕阳中想母亲。你看见她小小的鞋子——鞋尖因奔跑而污脏。早晨,这双鞋子掠过沾露的草丛。

你知道自己一定是倦乏了,因为这些念头令你停下车,打开车窗。

过去这些年里,你不曾吸烟,此时你真希望手里有支烟。

你感觉在这孩子面前,你自己的痛楚已缩小。

因谦卑而来的解脱。

你想起乔治,他人生中有过多少艰难。你想载他去美国的寄宿学校,与他一起靠墙坐着吃冰淇淋。你想送他围巾和手套,送他第一本拉丁语词典,送他冬天的厚外套。

你遐想自己会不会成为哪个孩子的父亲。

你在巴黎降落后,给乔治发去简短的传真,告诉他你的行踪。他回复说他要来——但你叫他留在西西里,陪父母和妻子,继续游泳。

你又开车兜转一小时,决定在镇外空旷的原野上寻一处停下。你路过一个画着红条的标志,它告知你这是出村的路,此时,两条侦探猎犬奔出,立在车前。你急急刹车。它们的眼睛如同玻璃弹珠,被定定地笼罩在奥迪蓝色的前灯下。

猎犬不肯挪移。

然后车子对你说了些话。

هناك عائقان في الطريق، أحذر، هنري.(小心,前面有路障,亨利!)

"是啊,我看见了——谢谢你,车儿。"

你下车,想嘘声将它们轰走,看见电话柱上钉着一张海报。

晚上九点,在一个叫作诺扬的村里,有马戏团表演。

海报上的小丑在微笑,一只狮子立起前腿,似乎在讨饼干吃。

你瞥一眼手表。

表演十分钟后开始。邻近的孩子都会去的。你只需找到一个约四岁的小女孩与一个老人——丽贝卡的外祖父——或者一个女人,该是丽贝卡的姐妹。你觉得一阵心慌。

你急驰而过,母牛奔窜。

几分钟后,你到了诺扬村,把车停在小超市前。

马戏团的标志指向教堂庭园。

远远望见前面支起的帐篷,黄蓝相间,大马戏团帐篷的缩小版。帐篷边角用长索紧系,扎在木桩上。

小帐篷外有一匹小马、一只小山羊,还有一条巨型德国猎犬,项间系着绳索。你走过时,耳听得两张小嘴嚼着青草。猎犬摇起尾巴,看着你,却没有站起来。

帐篷旁停着一辆红色货车。

你趋近帐篷口,见几个孩子在说着闲话。他们收声看你。你本能的反应是转身走开,但这样更可疑。你别无选择,只得走上前去问好。一个孩子用法语问你是不是来看马戏的。你说是的。这似乎是正确答案,因为别的孩子都高兴起来。

你解释道,你父亲曾是马戏团的,你路过这里,想看看,能令你想起以前的事。

孩子们点头,但似乎不信你的话。

一个孩子问你父亲是不是小丑。

你摇头。

是团长?

其中一个孩子,小女孩,解释说不凑足十五个人,就不表演。她年纪大些,不会是丽贝卡的孩子。你礼貌地微笑。

你是第十二个,另一个孩子补充道——就是说,只要再有三个人,就可以开始表演了。

扩音器传出马戏团播放的磁带,十分聒噪。

孩子们手挽手跳舞。

父母靠墙根围成圈立着说话。一些女人在吸烟。晚上天气暖和。空气中隐约含着干草味。孩子们的脸庞像芝士一般柔软。

几分钟后,马戏团团长从拖车后走出来,看看手表,朝孩子们摇头。他们举起胳膊抗议,正当无可挽回之际——远处来了三个人。学步娃与父母在傍晚散步。他只穿着 T 恤、尿布、小鞋子。他的父母在说话,不曾留心这个小帐篷。孩子们朝学步娃呼喊,人们在观望。学步娃瞅见马戏团的小帐篷,停下来,好奇地望着。接着他听见这群孩子唤他过去。

他的父母在后面唤他,他们小步跑来跟上他。孩子们解释说马戏团来了。这对夫妇是德国人,没有听懂。团长清点人数,吹起汽笛。

这个德国家庭与其他人一道被卷入帐篷。学步娃与别的孩子坐在一起,他的父母与当地父母一道,不安地望着。

但是不见小女孩或老人。

你正待走开,穿小丑戏服的男孩走来,问你要几张票。你笑了。他绽出微笑,又问一声。他大概十三岁。你说你只是看看。他说你必须买一张票,不然就没法演出——因为你是第十五个人。

你给了他一些钱,他从一叠薄荷绿的票上撕下一张票根。他按响汽笛催你进帐篷。

走进帐篷,你看见宣传马戏团的木牌。这马戏团的舞台曾支在第一次世界大战纪念碑上,在很久以前死于冰冷的杀戮战场的名字旁表演。

五十五

团长和儿子开始表演倒立。小帐篷中的乐声更嘈杂。大家都在看他们平衡身体。团长的胳膊发抖,涨红了脸。

掌声平息,乐声变作鼓点,马戏团双人组合退出帐篷。转眼间,团长和儿子带着火棍出场,团长抛接火棍,一根棍子落在他的肩头,险些将他烧着。儿子在旁边注视着,打着节拍。

火棍燃尽,团长退出帐篷。空气中弥漫着硫磺与干草味。气氛愈加紧张——忽然从一面帐篷帘下钻进一个老头,手中擎着一棵卷心菜。大伙儿笑起来,孩子们呼唤他的名字。他举起双手,似乎说:"我这是在哪儿?"他掀开帐篷帘,帘外是他家园圃的栅栏门。

团长带来燃烧的圆环和狗。他见到手拿卷心菜的老头站在舞台上,吃了一惊。他儿子又播放鼓声,老头钻出帘子,回到安全的菜圃去。

父亲与儿子手持长杆转动圆环。帐篷内的烟雾更浓。

有些孩子在咳嗽。

德国学步娃哭了,要找父母。

在这阵哄乱中,一个小女孩走进小帐篷,坐在你身旁。她的牙齿洁白,头发蓬乱,穿着紫色条纹睡衣和凉鞋。你低头看她,她向你微笑,笑得那么假,你觉得着实好笑,便笑起来。她的小脸转向舞台上的戏耍。你四顾寻她的父母,接着一个男子进来,坐在她旁边。他年纪将近五十,身穿旧T恤、蓝色牛仔裤。几个父母朝他挥手。

他戴着玳瑁眼镜,不曾刮脸。

接着丽贝卡进来。

你身旁的小女孩朝她作手势。团长似乎也瞅见她了,因为她很漂亮。戴玳瑁眼镜的男人挪出空儿,让她坐下。

你浑身不能动弹。

她的头发比以前长,但仍是绯红色,在日光下颜色会转淡。她身穿你不曾见过的衣裳。雀斑却是一样的——每一颗雀斑逼迫你吐一口气。

马戏团两个演员在骑小自行车,头上顶着巨大的杯子。

你的眼睛时时回望,而身体硬拽你沉睡。你的头脑沸滚,淌出汗水。你的胃在翻腾。你不得已转身,因为身子裂成碎片。万千往事历历在目——如鸟雀在你头颅内振翅。

截断的手臂。

帆布上的血点。

她的躯体落入水中,寂然无声。

你在幽明之间彷徨。

可是,死者不能复活。

他们看不见,听不到,不能呼吸,不能开口说话。他们的心灵空虚,他们没有任何思想。

两个小丑立在你眼前,长长的海绵手指戳你的胸膛。音乐淹没了一切,你的双眼四顾,却一无所见。年少的小丑拖着你往舞台去。人们在叫喊。

丽贝卡看着你。她在笑,招手叫你上舞台去,那双手曾经抚摸你袒露的胸膛。

你立起身,呼唤她的名字,跌进脚下等候着的黑暗中。

五十六

这个大人猛地睁开双眼,黛尔芬吓得往后跳。

他不是在跌落的地方。

她拿着蘸湿金缕梅萃取液的棉布轻拍他的脸。气味直冲她的鼻子。这位客人安静地躺在厚被子底下,但是定睛看她。然后他看见妈妈,想要坐起来。黛尔芬更往后退,塞巴斯蒂安忽地出现在他眼前。

"不是丽贝卡,"他对陌生人说,"是她姐妹,是丽贝卡的姐妹,娜塔丽。"

这男子又躺下,深深地喘息,好像刚才双腿不动地飞跑了一阵。黛尔芬寻找给他的画儿。兴许他看了会高兴起来。

床后墙上有她的照片,另一张是塞巴斯蒂安和妈妈的。

"丽贝卡的姐妹是双胞胎?"他说道,那口气似要努力相信。

"哦,是的,"黛尔芬想插嘴说,"双胞胎,哦,是的,不过她在天堂里,跟天使和拿破仑在一起。"

床单是昨日在线条上起伏——仿佛鼓满风的船帆,船往马戏团岛驶去,小黛尔芬跑过长满草的甲板。被单起伏,闪烁正午的光芒。

然后该吃午饭了。叹息。是时候停下来,去吃饭。

陌生人又看着妈妈。

黛尔芬瞅着他的眼睛,因为大人们爱玩交换秘密。

这男子的眼睛,仿佛白色小兽,在塞巴斯蒂安从地下室找来的老照片和妈妈的脸庞之间游移,妈妈的脸安静得像被遗忘的洗澡水,若不是仍然与躯体和世界相连,也能当作照片。

这男子面露怯色。

他可能以为我们绑架了他?

要是我们真的不小心绑架了他,可怎么是好? 我们都要去坐牢吗?不过可能不会在午饭前去。

取暖器铿铿地响,很快就会暖和起来,房间里一片嘶嘶声,就像小女孩梦见蛇。

黛尔芬喜欢揭下角落里因潮湿而剥落的油漆,她知道这样做很淘气,但还是管不住自己。

她把这些油漆小人藏在盒子里,很久以前,这个盒子装着棒棒糖,现在还有糖味(好似盒子仍记得失散的伙伴)。

然后她的心思转到吊灯上。

那么多蜘蛛网。

这客人可能以为那是蜂窝。黛尔芬纳闷蜂蜜是不是就从那里来的,蜂窝在那么高的地方,所以她才不会被蜂蜇。

夏天里,她被蜂蜇过,手臂上有一处印记,虽然淡得看不见,但还是在那里的。

她来不及细想,靠向陌生人眼前,举起光胳膊。

"我这里被蜂蜇过。"她说。

"你被蜂蜇了?"这男子的语气透着讨好的甜蜜。

黛尔芬点头道:"嗯,这里——你信不?"

"你说英语,"陌生人说,"跟丽贝卡一样。"

"是的,我说英语,"黛尔芬说,手肘指向坐在陌生人床脚的男人,"塞巴斯蒂安教的,不是姨教的。"

这个陌生人很好——兴许他喜欢小孩,不喜欢大人。

他这样掖在被子底下,叫黛尔芬想起她的宝宝,她自己的孩子,住在树篱间秘密的扑通声中的耗子村,落满鸟儿,鸟儿到处飞,唧啾、唧啾、唧啾、唧啾、唧啾、唧啾——大伙儿都吓坏了,尤其是塑料耗子,佯装吓得发抖。鸟儿压根儿不知道要去哪里。

这男子的大眼好忧伤。

黛尔芬想着要不要说:"我给你当妈妈,迷路的小男孩。"

他突然对妈妈说话。

"出了什么事?"

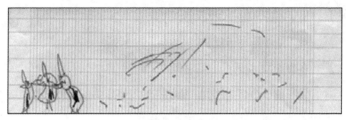

塑料耗子和毒屎

接着又问：

"我在哪里？"

妈妈没有应声，只是瞅瞅塞巴斯蒂安。

"我们家，"塞巴斯蒂安说，"她叫娜塔丽，我叫塞巴斯蒂安，这是我们的女儿黛尔芬。"

"娜塔丽？"这男子郁郁地说道，"黛尔芬？"

他要哭吗？

他要哭吗？

有时候大人会哭的。

塞巴斯蒂安走近陌生人："是的，娜塔丽。她是丽贝卡的孪生姐妹。"

塞巴斯蒂安的口音鲜明粗重，是伦敦东区的，他曾跟她说过。

"孪生？她的孪生姐妹？"

"你叫她丽贝卡，"塞巴斯蒂安对客人说，"所以我们带你到这里来。"

陌生人闭上双眼。

"你是谁？"

"亨利·布利斯。"他说。

黛尔芬咯咯地笑，但大人们没有理会。她心里一遍遍默念他的名字。她就是忍不住：

"Awnree please，awnree please，awnree please，awnree please. "①

她又咯咯地笑起来。

塞巴斯蒂安转头看她，手指按在嘴唇上，那意思是说："我没有生气，不过你得安静。"

"怎么回事？"

"你昏倒了。"妈妈说。

这名男子注视着她。

黛尔芬靠到母亲身前，拉过她的胳膊护着自己小小的身躯。

"你认识我姐妹？"妈妈问。

"她从来没有提起你们是双胞胎。我怎么就没有想到？"

黛尔芬思忖他在跟谁说话。她该用英语还是法语回答？然后词语自她的小嘴脱口而出。

"她可能忘了。"

他们看着她，没有笑。

取暖器又哐啷响起。好几分钟过去，没有人说话，取暖器停下，塞巴斯蒂安又问了陌生人一个问题。

"但你知道她有个姐妹？"

"当然。"亨利·布利斯应道。

妈妈与塞巴斯蒂安飞快地对视了一眼，好似没有开口就传递了秘密。

---

① 此处在模仿亨利·布利斯名字的发音。

"你竟不知道她是双胞胎,有些古怪。"塞巴斯蒂安说。

"你知道她出了什么事吗?"妈妈缓缓开口,面颊颤抖。

"知道,"陌生人很快答应,"你们呢?"

塞巴斯蒂安点头:"我们收到法国驻希腊大使馆的信。她搬到那里去时,在大使馆登记过——所有法国人都得登记的。"

"你什么时候认识她的?"妈妈问。

"什么时候?"

"是的。"

"在雅典。"

"那时候你没跟她一起?"妈妈问。

黛尔芬仰头看着母亲,想要她细细解释,但母亲故意不理睬,好似在说,"现在别问,我虽然没有说话,但是你在给大人打岔"。

亨利·布利斯没有回答。

"我刚才说过,我们带你来,"塞巴斯蒂安轻声说,"因为你晕倒前喊丽贝卡的名字。"

黛尔芬想象妈妈和塞巴斯蒂安的问题像枕头里的羽毛,轻轻落在他的头上。

"地震时你在雅典吗?"妈妈柔声问道。

黛尔芬感觉母亲的身体贴在她身上。

光芒进入她的眼底。

"我没能及时救出她……"

"及时?"塞巴斯蒂安问道,没有转头。他仔细打量这个陌生人,好似侯机扑向真相。

"她的公寓倒塌之前。"

妈妈跑出房间,黛尔芬仍待在原地。

塞巴斯蒂安叹息一声,双手插进兜里。沉默许久。他说:"亨利,你要是能起床的话,何不穿上衣服,下楼来吃午饭。黛尔芬会给你拿毛巾来,过道那头就是浴室。"

　　"我睡了多久?"

　　"大概十四个小时。你晕过去后,我们还叫了本地的医生给你做过检查。"

　　"他怎么说?"

　　"他说你需要好好睡一觉,还有应该多喝水,不过法国的医生都这么说。"

　　黛尔芬奔出去找毛巾。

　　"亨利,你为什么来这里? 就为了告诉我们?"

　　亨利欷歔一声,转头望向窗外。

　　窗外绿得葱茏。鸟鸣喈喈,掠过窗枕,只因隔着不匀称的玻璃方块,听来略有消弱。

　　"想要看看……"亨利说。

　　"说下去。"塞巴斯蒂安说。

　　"看看她有家没有。她外祖父呢?"

　　"一年半前过世了。当时娜塔丽在巴黎。那时我还不认识她。"

　　楼上砰砰地响。

　　"是黛尔芬,"塞巴斯蒂安轻笑道,"毛巾一定是在高架子上,她想跳起来够着。午饭后,我们出去走走,亨利·布利斯。"

　　"好。"

　　"去外面呼吸新鲜空气也好。"

五十七

你坐在娜塔丽对面,喝稠绿的羹汤。壁炉上有一座钟,滴答声分外响亮,仿佛在倒计时。娜塔丽不时抬眼看你。她美得动人心魄。她的身段比丽贝卡略丰盈,或者稍成熟,眉眼与颧骨却恍若一人。她用拇指与食指捏汤匙的姿势,也是那么优美。你真想将汤匙搁在碗里,伏到她脚下。你得时刻告诉自己,这不是她,这不是丽贝卡,告诉自己要撑住。望着眼前的娜塔丽,是承受一种怪诞的苦刑,因为这让你想起永远不可能有的美好人生。

桌上摆着购物单,笔迹几乎与日记本上的一样,但她们毕竟是双胞胎。她仍可能是丽贝卡的孩子。

塞巴斯蒂安问你是哪里人,你正说着,黛尔芬突然奔进来,穿着泳衣和芭蕾舞鞋,还抱着塑料鲸鱼。

"黛尔芬,上楼去把衣服换了。"她母亲说道。

塞巴斯蒂安微笑,搁下汤匙。

"我打扮得花哨不,能去马戏团演出不?"黛尔芬说着,眼睛看着你。

接着黛尔芬跳起舞来。

"黛尔芬!"她母亲喊道,小女孩迈着舞步出了厨房,上楼去。塞巴斯蒂安笑起来,娜塔丽瞪眼瞧着他。

"你在做什么,塞巴斯蒂安?"

他点点头,立起身。

"你的汤凉了,马戏团女孩!"他朝楼上喊道,"快点儿,快点儿。"

塞巴斯蒂安看着你:"小孩有趣吧?"

"亨利,你有兄弟或姐妹没有?"

你放下汤匙。

"我有个弟弟,"你说道,"不过他很小的时候就死了。"

"对不起。"塞巴斯蒂安说。

黛尔芬下楼来,塞巴斯蒂安在洗生菜。

"这下子汤都凉了。"她母亲说。

"我得尿尿嘛。"

午饭后,娜塔丽将盘子叠在洗水池中。塞巴斯蒂安从抽屉中拿出一包烟。黛尔芬看见了。

"哦,不,不,不,塞巴斯蒂安! 不许吸烟,记得不?"

"在屋子里,黛尔芬——不许在屋子里吸烟。"

"你不该吸烟,塞巴斯蒂安! 吸烟会杀死你的。"

"我们出去走走,"他说着,碰了碰你的胳膊,"我带你四下看看。"

塞巴斯蒂安穿上威灵顿雨靴,递给你一根沉重的手杖,杖头是银色猫头鹰。

"我装修这房子的时候发现的。"

黛尔芬想要一道出门,但母亲带了她上楼去。

你们从前门出来,走上一条田间小路。夹道灌木丛生,黑莓点缀绿荫。鸟雀在头顶飞。

"那么,你是丽贝卡在雅典的男朋友?"塞巴斯蒂安说道。

"是的,正是这样。"

"直到现在,娜塔丽还很难过。"

你默契地点头,默默走了近一公里。

"请原谅我多嘴,"塞巴斯蒂安说,"你来这里还有别的原因吧?"

几头白色奶牛在山脚下一面走,一面吃草。空气里闻得见青草与牛粪味。

"看看她有没有家人。"

"不是为了重新爱她?"

你无言,因为这是事实。然后话语涌上来,你脱口向塞巴斯蒂安坦白,丽贝卡有身孕。

他收住脚步,碰碰你的胳膊。

"你的孩子?"

你点头。

他显然比你意料中的更忧戚。

你们二人没有挪动。

片刻后,塞巴斯蒂安似乎要问些什么,但又摇头。

"过去的就让它过去吧,"他说,"我很高兴你跟我说——我保证,不会告诉别人的。"

你们默默走了很久。

路越发狭窄。塞巴斯蒂安说这路是筑起来走马和双轮小马车的。他指着卡车站餐馆说,娜塔丽和丽贝卡少女时在那里打工。

你记起日记本,但没有说什么。你永远不会知道黛尔芬究竟是谁的孩子——你永远不会知道日记中写的是谁的感受,对此,你不知如何作想。找出真相会损害一个小女孩的幸福,而这个小女孩被爱着,丝毫不知那个决定你命运的悲剧。

"我来这里的时候,"塞巴斯蒂安解释道,"这村子几乎没有人,荒凉得很。年轻人根本找不到工作,老人们不是孤零零地死在这里,就是搬进城里养老院,离儿女近些。"

"只是你怎么到这里来的?"

"确切地说,撞来的——撞在一堵墙上,确实是。"

塞巴斯蒂安止步,深深呼吸空气。

"那天一大早,"他接着说,"我在巴黎北站一个安静角落嗑了药,然后,带着神志不清的清醒,我爬进一辆梅赛德斯,不晓得哪个笨蛋停在火车站外,引擎还在转。

"叫你吃惊吗?"塞巴斯蒂安问道。

"有点儿。"你应道。

他加快步伐。你与他并肩走,聆听他的叙述,在他的故事里寻找与你相契的智慧。

"我就这么一直开,也不晓得往哪里去,就这么开下去。然后下了高速,便往这边开来,然后撞在村里的一堵墙上。

"几个小时后,我醒来,已是傍晚,浑身碎玻璃,身上还压着从挡风玻璃落进来的石块。你可能以为有些夸张,听我说,亨利,我一走出车子,就爱上了这里。"

塞巴斯蒂安又停步,舒展胳膊。

"在这凋丧寒碜中,我却不自觉地心荡神摇。"

塞巴斯蒂安的年纪比你猜想的大——四十七岁。

他有个兄弟,患唐氏综合征,他想哪天接他来一起住。你们趋近一座废弃的粮仓,砌墙的是凿斜纹的灰石,墙上苔藓葳蕤。

塞巴斯蒂安倚着闸门,点燃香烟。

院内鸡儿散走,围着破旧的梅赛德斯啄食,这辆奔驰车被当作了鸡笼。车窗已失,车头整个儿凹陷。车顶立着一个标识:**巴黎出租车**。

塞巴斯蒂安开怀笑了。

"油漆簇新的,露馅儿了。"你对他说。

"不出多久,鸡屎会帮我圆谎的,"他笑道,"那是我很久以前的人生。"

塞巴斯蒂安领你转过粮仓,指点鸟巢、蜂窝、蒙着铁丝网的矮丛菜畦,这是他刚开始的有机蔬菜生意。

"怎么说呢,长话短说吧,我花了一万五千法郎买了一间空屋,装修一下,开了间小餐馆,不过只在夏天营业——黛尔芬当女招待,你能想象吧——我有一台煮特浓咖啡的老机器,当然还卖小孩爱喝的可口可乐之类的汽水。有一天,娜塔丽到我的餐馆来,带着黛尔芬从巴黎郊外来的,想卖掉她外祖父的房子。但这房子是卖不掉的。"

"为什么?"

"霉烂——靠湖太近,湖水渗入地基,整个房子都完了。但是这房子是她人生中很大的一块,你知道的——她和姐妹在这里长大,所以这房子虽糟透了,但若就这么卖掉,她也很难过——所以就这么耗着。你要是想看看,我带你去。"

你点头,但转念又不想看。

你们踩过高草丛,朝栅栏门走去,你暗自决心烧掉日记本。你还是不能肯定是谁的日记,你永远不会得到肯定,也不再在意。

黛尔芬是快乐的孩子——真相只是人人相信的谎言。

塞巴斯蒂安打开栅栏门,跟你说起他在屋后树林中找到一架英国喷火式战斗机。他说二战时,飞机坠在草泽中,反纳粹组织的人将它藏在这里。等有机蔬菜生意红火起来,他就有钱买零部件,修理修理,教黛尔芬开飞机。

穿过几片暖翠的草地,你远远望见塞巴斯蒂安的房子。窗棂刷成白色,屋顶云气潆浮。

"你是房子连餐馆一起买的?"你问他。

"这是秘密,"他笑道,"我们没向谁买——就这么径直住进去的。"

"你知道是谁的吧?"

"知道,"塞巴斯蒂安说,"战后这家人搬到巴黎去了,因为他们是投降派。"

"你知道丽贝卡母亲的事吗?"

"事实上,我是知道的。"塞巴斯蒂安说。

"她在巴黎?"

"嗯。你怎么知道?"

"丽贝卡说的。"

"娜塔丽不知道。"塞巴斯蒂安说道。

"不知道什么?"

"我去看过她。"

"她真的抛弃两个孩子?"

"是的——不过对她们来说是好事。"

"为什么?"

"她有病——精神上的——跟她母亲的一样。"

"丽贝卡的外祖母?"

"嗯——丽贝卡的母亲很小的时候,她跳进湖里自杀了。"

五十八

次晨,你醒来,下楼去。天凉了,秋天要来了。石头壁炉中的薪火红澄澄的,火星毕剥。塞巴斯蒂安在屋外劈柴,挥舞长柄斧。

猫停下吃食,抬头看你。你还没有伸手去抚弄,它便快活地叫起来。

你想早饭前出去走走,松松腿脚,在清晨中濯沐心脾。

你不想再见到娜塔丽。她是陌生人,身穿你曾爱过的人的衣服。不可能重新爱上死去的人。正因如此,剧痛如斯。

或许明日就回威尔士去。

你穿上鞋子,悄然走出后门。你轻手转开门栓。早晨空气清冽。寒烟沉锁原野。

你走过塞巴斯蒂安的菜畦,攀过栅栏门,走向空旷的草地。

你听见有人喊:"哦,亨利!"

你望向一丛矮灌木。

"是黛尔芬!"一个童声传来。

"哦,我认出你了。"

你攀过一道门,到她那一端。

"我有个惊喜给你。"她说。

"真的?"

"嗯,真的。"

"你怎么起这么早,黛尔芬?"

"哦,我喜欢早起,"她说,"塞巴斯蒂安也是,可是妈妈要睡整个上午,有时还叫他也睡着,真没劲。"

她从兜里掏出一截长棍面包,递给你。

"早饭。"她说。

"我们一块儿吃?"你说道。

"不,给你的——我吃这些。"她说着,从兜里掏出一把蓝莓。黛尔芬穿着双排扣黑色呢外套、连指手套、羊毛帽子。呢外套内仍穿着睡衣裤,掖进雨鞋筒。睡衣上印着青蛙漫画。

"你来给青蛙放生?"

"青蛙?"

"你睡衣上的。"

黛尔芬低头瞅着腿。

"不是,这些我要的。"

她指着拿汤匙在地上挖的小洞,问道:"你喜欢耗子吗?"

"我爱耗子。"你说。

"嗯,塞巴斯蒂安不喜欢,所以我才来这里给它们安家。"

"泥土里?"

"它们在土里最开心啦。"

黛尔芬伏下身子,从洞穴中掏出一只塑料耗子。大约有你的拇指般大小,棕色的脸,画着衣衫和领带。

"他喜欢这里吗?"

"这里是他的家——把你的手给我。"

你由她抓过你的手。

"我能把你的手放进它的洞里吗?"

"要是你喜欢的话。"

"你不介意?"

"我不介意。"

"耗子坨坨呢?"

"耗子坨坨?"你问道。

"要是里头有耗子坨坨呢,你介意吗?"

"它的?"你问道,指着塑料耗子。

"还有它孩子的。"

"那没有关系。"你应道。

"塞巴斯蒂安说不好。我就惹了麻烦。他会吼的。"

"耗子坨坨?"

"嗯,你要是碰了,有毒的——塞巴斯蒂安说的。"

"这里边有坨坨?"

"把你的手给我。"

她又抓起你的手,搁进小小的泥洞中。她把你的手放在洞里,往后退去。

"摸到它们没?"

"谁?"

"不是谁——是坨坨。"

"黛尔芬，"你说道，看着她，"这里面没有坨坨。"

"没有耗子坨坨?"她说道。

"我能看看那耗子吗?"你说道。

黛尔芬把耗子递给你。你把它翻转，嗅嗅屁股。

"黛尔芬，这种耗子不会拉坨坨——所以这里面没有坨坨。"

她脸上扬起欢喜。

"想一起玩吗?"

"我想去散步。"

"你去哪里?"

"我也不知道。"

"要吃蓝莓吗?"

"好的。"

她从衣兜里掏出一颗给你。

"这些耗子居然不会拉坨坨!"她笑道，又拿出一颗蓝莓自个儿吃。

你谢谢她的蓝莓，她的脸遽然变色。她把手指抠进嘴里，似要引自己呕吐。

她的眼珠子暴凸，满眼恐惧与惊慌。

她的嘴一张一合，似要唱歌，又发不出声音。

你攫住她的肩膀。

"怎么了?"你峻声问道，摇晃她的身体，"黛尔芬? 怎么了!"

她脖颈上青筋突现。

舌头反复吐出缩进。

你攥紧拳头，劈胸将她撑提，她小小的身躯轻易就被举起，往前一倾——手中捏着的塑料耗子掉落。她的帽子与一只手套滑下。你复将她立直——猛推她的胸腔。

她的脸色铁青。

她的身体如布娃娃一般飘起,可是不论你怎么做,都没有用。

你又用力一推,自她口中冲出一物。她猝然落在地上,又咳嗽,又干呕——细喘长气。她瞧见耗子掉在草丛里,慢慢伸手去拾起。她躺在草地上,双眼圆睁。

你将她拉近,紧紧抱住。你温柔地轻摇着她。

她摸摸喉咙。

这时下起雨来。

她望着你,绽开微笑。

"我们会淋湿的。"她说道。

她推开你,站起来看着你,没有说谢谢,但是你从她眼底的神情中看出,她懂得刚才发生的事。水顺着她的脸颊滑落,你没有立即明白,她在哭。

你眼望她消失进屋子,然后缓缓起身。你浑身是污泥。

树间乌鸦聒噪。

你每一寸肌肤皆在战栗。你身在注定要来的地方。一切往事必得这样安排,就为要你到这里来。

而你已准备妥当。

在你感觉里,犹如双手举重;那是信念,是上帝的化身,却又深合逻辑。

那翕张之间,有我们借以托身的手。

一旦有了依托,便无所畏惧。

田野上的落雨声,便是过往的迁迁步履。

你又有了呼吸。你又被赋形。

五十九

你回屋拿车钥匙,黛尔芬在园子里,大把地抓起碗里的蓝莓往外扔。塞巴斯蒂安要拿走碗,她便放声尖叫。娜塔丽在楼上窗口望着他们欢笑。蓝莓从坚决的小手中四散开去,鸟雀扑向细碎的草叶丛中。永远属于你的手。

你拿了钥匙,匆匆离开屋子,朝村子方向走去。

奥迪一侧溅满污泥,是汽车与拖拉机在雨中驶过时溅起的泥水。你从后座抓过日记本,塞进贮物箱,上了锁。你打开迷你卫星传真机,机器嗡嗡直响,亮着有传真的信号。你按下重置键,机器便安静了。你从日记本上撕下一页纸,却找不到笔。然后你看到后座上摆着打字机。

你启动车子,那声音说:

آمل ان يكون نهارك سعيداً. أين تريد أن تذهب؟

(你好,白天快乐! 你要去哪里?)

你俯身亲吻屏幕。

亲爱的乔治：

你在去爱琴纳的船上说的话是对的。

没有错误。

我与丽涅埃尔-布同的一些人道别后,就去西西里看你。

明天应该会到的。

午后在你们街区的大广场等我。

爱你,想你。

亨利

附:我要把打字机留在这里,只能打大写字母了。

就好似,我觉得我在大吼。

六十

行云凝重。

你在天际翱翔,好似代达洛斯,伊卡洛斯难逃劫难的父亲。

然后你意识到那不是云,那是古时火焰的未灭余烬。

你的飞机横空劈过埃特纳山的冥冥烟雾。一袭白帔在火山口翩飘。

狄德勒斯落在西西里岛之时,他的儿子早已坠入海中。你俯首探看,想象两扇羽翼,与手臂一样长。

卡塔尼亚城。

俯瞰城市星星点点的灯火,宛若置于岩上的钱币。

等待取行李时,人人对眼相看。

行李传输带震动,旋转起来,一个小孩看着你。她悄悄往前挪蹭,想去碰一碰。她的父亲收起手机,吼住她。

"瓦勒莉亚! 瓦勒莉亚!"

她佯装没有听见。

她戴着眼镜和凯蒂猫耳坠。

她的鞋带上钉着亮片。她来这里过夏天,她的父亲还是小男孩时住在这里。穿黑衣的祖母会为她的布娃娃缝新衣裳。她会第一次尝一些食物,说喜欢。大家都会拍手,因为这是她的民族的食物。她看着你,神色肃然,猜想哪一只提箱是你的。

没有开口说话,你们就成了朋友。你们用眼神交谈。你们永远不会熟悉彼此。除了眼前这一刻,你们甚至不会在任何时刻分享一杯咖啡、一堆火,或者在海边一起读一本书。

你蓦地觉察,你正以惯有的方式思考。

你像瓦勒莉亚那么大的时候,手中拿着一块燧石。

你的心灵拆解你所能揣测的所有历史。

恐龙引颈吃棚屋上的树叶。天空回荡翼手龙韧性的嚼咽。

你跑向屋子。

父母在看电视。

你的兴奋滔滔涌出。

裤子濡湿,因为你憋着尿。

你手里攥着石头。

那是你人生中最好的时刻。你向小女孩与她的父亲微笑。

造梦的人早已征服世界。

六十一

你坐在西西里的小出租车里。车内灰尘四起——好似面粉袋敞着袋口。

过去是一团零乱的线条,是从远处看的一幅素描。

我们看到的未来,实是乔装改扮的过去。

司机载你去诺托城。

司机轻拍方向盘,轻声吹起口哨。

在微妙、瞬间的姿势中,我们赋有最迷人的力量。

相对于起伏的黄土地、湛清的海水、日光燎烁的岩崖——西西里的人类历史是残酷的。疆域支磔的神话,城镇自裂缝中生长,那里的土地吞噬肢体、数不尽的入侵者、地震、火山爆发和战争——人体解剖学的初期教育。

你远远望见海水,犹如凝望的蓝眼眸,自峰峦外凝视。

对西西里来说,你是又一个入侵者。你是来学习的,来带走知识。一如奥德修斯,你孤身负荷岁月。

西西里是通往地府的关隘。俄耳甫斯便是来这里寻找欧律狄刻。

你在大广场下车。

周围栽满树木。

317

人们汇聚在树荫下。

在旁人身上，我们看到了自己想要得到的和害怕的。

广场旁有一座喷泉，水流四注。一笼清水。若要到那里去，你须得先在炙热中消亡。

人们漫步走过公园。一些石刻头像立在台座上。头像面容模糊，但是纵使那些无首石人，也有与活人一般真实的影子。如同西西里人，这些雕像睥睨历史的毁容，带着一种外人永远参不透的矜重。

某天，你会销溶进大地或火焰。

树木因生命而怒放，叶子边缘却已蜷曲。

你在西西里岛，坐在一张长凳上，诺托城，乔治生活的地方。

这里曾被地震摧毁，又重建。

每一次毁灭之后，都有重建。

不经思索便发生。

纵然不能保证灾难不再发生，依然会有重建。

也许万古人事自有变迁——而这一线希望却如我们赖以攀援的绳索。

天空是洞张的嘴。诺托城的街道甚是忙碌。人们从街巷汇入广场——如同时钟走针的步调，他们一步步踱遍全城。他们的人生是相同的，又总有殊异。

在一座广场上，街角是巴洛克教堂和冰淇淋店，你望见长凳上坐着熟悉的身影，你不由得欢喜。他在等你。

他身穿你最后一次见他时的衣服：细棉西裤，白衬衫，领带打着温莎结。虽是热天，他仍穿着蓝色休闲外套。

他瞧见你，朝你奔来。

你俩止步对望——两人之间，仅间隔想要诉说的千言万语。

然后他紧紧拥抱你。

数年来，他是你第一个拥抱的人。西西里人也许并不好客，却很赞赏这样至情的流露。

你们相拥，重塑一幅古老的场景。

你们想寻一块阴凉处，却只见到脚踩的石头，因数百年来的脚步、数百年来的求索与渴望、数百年来终究落空的焦灼而磨损。

他越发俊迈，面庞对称，肤色更健康，轮廓更有棱角。你们松开彼此，在长凳上坐下。

他的声音里有种从前没有的果断。教堂的钟声响起，你沐浴在空旷清朗之中。

三个小时后，你坐在他家厨房里。淡蓝的桌子，艳红的咖啡馆式座椅。他往两条海鲈鱼肚内填佐料——干牛至和盐。他手中的鱼是银色肌肤，一道闪亮的生命。

你与他缕缕道说那些飞行。他将鱼摆在木砧板上，鱼身发出泼剌响。他手上沾了血。

你从描白线的高玻璃杯中喝苏打水。冰箱上有一台天平，墙上还有日历。公寓楼里有好几只猫，瘦损不堪，皮毛粗糙蓬乱。它们是城里的流浪猫。乔治说他经常给它们喂食。

一路自广场走到他公寓，你问起教授与他在土耳其的工作。你凝听着。你等不及见到他。乔治拎着你的提包，遇到乞丐便给一个硬币。他举手投足，皆透着快乐的人才会有的气派。

"西西里是通往地府的关隘。"他说。

你知道他能感受你内心的虚空——因为他的新情意在你空落落的心中回荡。

他现在是教授，教美国交换生。你看得出，他老了，并且他仍然清醒——这叫你心安。

乔治与你说起更多生活中的事。今晚她不在，他说。她去了母亲家。明日她兄弟会送她从佛兰科芳特村回来。她很高兴见到你。他不住地向你称赞她有多美。

他也坠落了，只是朝不同的方向去。

六十二

如同曾经驾驶木船在这里登陆的军队,你被迫作好准备,以无尽的旅行叙述,入侵乔治的世界。

但你感觉言语悬于口中,待要如歔气一般吹出,你只能感觉到这炎热海岛的和美空洞,这个"空心的火球",于是词语在你口中老去,变作碎屑,化作尘埃。

梦寐中,这些词语也许会复活——一旦被睡意泼溅。

晚餐时,乔治起身去拿来盘子装鱼骨。

饭后,你用柠檬片擦拭手指。镶玻璃橱门的木头大餐具柜上,立着一张老人相片,神情忧戚。乔治见你在看。

"我父亲又结婚了。"

"你父亲?"

"跟尼日利亚来的女人。他们前些天还在的——我母亲与她男友也来了,这些年一直交往的那个。"

乔治已宜得其所,而你进退维谷。

稍晚,你们在公寓楼外漫步、说话。

你将事情一一说给他听。

乔治询问日记本在哪里。

"在我的提包里。"

他想看看。

"你觉得不该给那孩子?"他问道。

"不该,你说呢?"

"不该。又有什么好处?"

"我本想烧了它,又想我们可以把它留在海里。"

"当然,"乔治说,"要是你想的话。"

你们吃装在塑料杯中的咖啡冰沙。

他买来两瓶水。清醒十分适合他。当地人赞赏他浑然天成的风采。他说在为系里建图书馆,问你若有适合的东西,能否帮着拿来填满这间图书馆。他对你说,他想把知识给人。你想他很快会做父亲。

他的气息浩然,足够将生机赋予空荡的地方。

你自过去孵出。

光亮、感触、念头、思想瞥然而现,期望被重新发现。

不……不是被发现,而是受知遇。

在你来说,发现的时光早已过去。

自此往后,你的人生是顾惜所有好风光——所有值得为之活下去的东西。你拥抱人生与人生中不可避免的结局,仿佛这两者是祈祷时交合的双手。

你心渊然,不再因为绝望,而是因为耐心。

你的哀恸值得称赏——割断过去的痛楚。往事的伤痕。

再去爱恋,你必不能弃掷历经的事,而要从中得到继续活下去的力量。

此时此地不再利害攸关之时，便接近爱的本质。

——T·S·艾略特

第四部

六十三

翌日,亨利·布利斯醒来,日头已高。

他睁开双眼,一时不知身在何处,然后记起是在西西里的小镇。

透过床边旧蕾丝窗帘望出去,晨间似乎十分晴朗。

传来乔治的笑声。

说话声。

亨利起身穿衣,见乔治在门内把手上挂了衬衫与领带。

亨利将领带打了个活节,急急走进客厅。

乔治挂上话筒。

"我妻子打来的,"他说道,"饿吗?"

乔治和亨利在汉堡包摊上买来西西里汉堡,夹着马肉、番茄酱、蛋黄酱,坐在塑料太阳伞下吃。

他们聊起皮特森教授和他在土耳其的新工作——接着说起乔治与妻子克丽斯蒂娜打算圣诞节去探望他。

冷不防一声炮响。亨利跳起来,乔治仍在咀嚼。又是婚礼,他解释道,夏天里几乎每天都有人结婚。又一记炮响在城中回荡,几欲将耳朵震聋。

乔治描述他的婚礼。铜管乐队伴着他们走过广场,亲戚们跟在后面,最后跟着游客——西西里人的传统婚礼叫他们看得痴迷。

几只鸟在他们头顶飞过,飞去栖在广场边的无头雕像上。

乔治询问亨利究竟为何来西西里。

亨利的目光飘向起伏的陶瓦屋顶。

"我自己也不清楚。我想见你,这是事实——除此之外,我不知道为什么。黛尔芬窒息的时候,我把她救了,这件事触动我来这里。但我不知道是为什么。"

"有时候是需要一段时间的。"乔治说道。然后他说,他对丽贝卡的爱与亨利的不同——遇见克丽斯蒂娜后,他才明白的。

"那个时候,我只是想有一个人,好叫我去挂念——那人也挂念我—— 是不是挺傻的?"

"你从来没有过这些,一点也不傻,乔治。"

乔治微笑道:"嗯,我现在有了,而且还得到了更多。你替我高兴不?"

"很高兴!"亨利说道。

"那么,何不待上一个月?"

"为什么?"

"也许你以后再也不能有这样的自由,一时兴起就在哪里待上一个月。"

亨利感激地点头。他要给父母打电话。他们会反对,他得说服他们,解释自己已经好起来,或者找到工作。

"乔治,你怎么遇见你妻子的?"

"就在这儿,广场上,她的车撞在我的脚上。"

"你就是这么遇见每个人的,乔治? 他们撞上你。"

乔治笑道:"你等着瞧。"

一个男子走近,手拿特百惠小塑料盒。他抖起盒子,乔治往里搁进一枚硬币。又一记炮响震过城中,霎时天际飞满鸟雀,蓬蓬然——宛如一捧种籽撒向青瓷。

街上的人多起来。

"我们到市中心一家咖啡馆去喝咖啡。我与克丽斯蒂娜说好的,在那里与她会合。"

乔治站起身,朝收拾餐桌的高个儿男子招手。他身系塑料围裙,鼻子长得出奇。那男子喊了些话,挥手向他们告别。

"他在这里好几十年了,"乔治说,"生意好得很,不过他永远不会正儿八经地开个店的。这里的人不爱那样做事。"

卢卡街另一端,远远传来铜管乐声。

亨利笑起来:"在你婚礼上吹打的,也是这支乐队?"

"确实是,"乔治说道,"这乐队跟这里的风物一样——傻气又真诚。"

他们默默走了片刻,乔治开口说:"我知道你在想什么。"

亨利转头,好奇地看着他的朋友。

"你纳闷我怎能在这里住得下去。"乔治说道。

亨利微笑说:"我想我并不想知道。"

"你在这里是住不下去的,是吧?"

"嗯,我是住不下去的,"亨利说,"不过,我也不知道原因,见到你之后,我才明白的。"

"哦?"乔治应道。

"因为我需要的不只是爱。"

乔治笑了:"有这么明显?"

远处的铜管乐渐近。独臂少年急匆匆快步走过,举起唯一的拳头,应合小号打节拍。

乔治住口。一时间,铜管乐队在他们眼前鱼贯而过,往另一个方向去。

小号手压阵,吹得走了调,乐队末梢,尾随的是手推车里的婴儿,穿西装的男子捧着花束,独个儿行走,朋友、亲戚、数不尽的堂表兄弟、一群小孩——两个小孩打扮成新郎新娘——最后走来两名穿蓝制服的警察,后面是一架推轮衣服架,挂着一排可充气的蜘蛛人氦气球。

乔治领亨利到街区中心的一家咖啡馆坐下。

侍者还没过来,几个原本安静地坐在台阶上的孩子站起来,跟乔治打招呼,乔治佯装听不见。

"我想那些孩子在叫你。"亨利说道。

"别理他们。"乔治悄声说。

"他们好像不肯罢休。"

"别看他们。要不然,我们就完了。"

"可我早看过了,他们这就过来了。"

"哦,天哪。"

一小群孩子朝他们走来,咖啡馆前卵石地上摆着摇摇晃晃的餐桌,桌前坐着游客,这些孩子擦身而过,用唱赞美诗一般的语调对游客说着"您好,您好,您好,您好,您好,您好"。

他们围着乔治和亨利,像一帮无赖。

"这是我的朋友亨利。"乔治介绍道,孩子们恭敬地绽开笑颜。

一个年纪略小的孩子说:"欢迎你,老人!"

乔治不情愿地抬手向侍者示意,孩子们顿时雀跃欢呼。侍者也好高兴,孩子们跑进咖啡馆,几分钟后出来——每人手里拿着一个脆筒冰淇淋。

"我才以为已经甩掉他们,"乔治说,"他们就不知道又从哪里冒了出来。"

"谁?"

"这些小畜生。"他举手指道。孩子们见他指向他们,可嘴里塞满了冰淇淋,不能开口道谢,便挥挥手,就像乔治与人们道别时那样。

"乔治,有一天,你会是个很好的父亲。"

乔治耸耸肩。亨利看得出来,这是乔治的新习惯,西西里人特有的。

铜管乐队又来了——这一回自不同的方向而来,试图从更拥挤的人群中挤过。

亨利见乔治身后有一个女人,坐在轮椅车中,几乎要被乐队吞没。

"抱歉,请稍等片刻。"亨利说道。

这女人看见他,露出笑容。

"十分感谢。"她说道,浓重的意大利口音。

轮椅手把是鸵鸟毛,椅身是漂亮的深绿色。

"你会说英语?"亨利问道。

"当然啦。"

"抱歉。"亨利说道,不知道是为什么。

"我才该说抱歉,"她应道,"昨天没在这里迎接你。"

"克丽斯蒂娜?"

"哦,亨利,你不正是为此来这里的?"

"不是。"

"那乔治可太对了,"她说道,"我真的会爱上你的。"

六十四

喝了一些新鲜咖啡,克丽斯蒂娜说想去海边纳凉。

"你可要好好看看我们的车。"乔治说着,抬手招呼侍者。

"我丈夫爱车胜过爱老婆。"

"那一定是很了不得的车。"亨利应道,掏出钱来。

"记账就好了,"乔治说,"你留着钱。"

"不要跟他争,"克丽斯蒂娜说道,"有钱人家长大的,他很慷慨的。"

"哦,谢谢您,卡文迪什夫人。"乔治说道,略有些难堪。

"我的意思只是说,你很好心。"

"我知道,"他向她眨眼,叫她宽心,"我们不要在亨利面前争吵。"

亨利握着轮椅手把,城中的街巷温温如薰。

乔治抱她走上台阶,到大门口。她一路与亨利说着话。乔治似有些疲惫,却不曾说什么。他们梳洗一番,一小时内又出门去。乔治推着妻子朝车库走去,车库在这幢一九三〇年代公寓楼的对面。

"我的结婚礼物,"乔治说道,"我父亲一直有种要给我买东西的内疚感,我终于帮他完成了。"

乔治拨开生锈的挂锁,拉开车库门。深绿的车身,阳光照进来,车头闪着光泽。亨利抚摸车头灯。

"这可是捷豹E-type?"亨利问道。

"不过,这不是它特别的原因,"乔治说道,"一九六六年的捷豹E-type确实很独特——不过这一辆可真正是独一无二的,捷豹公司专门为克丽斯蒂娜的轮椅改装的。"

"定制的E-type?乔治,你可真发达了。"

"他们还改装了我的轮椅,"克丽斯蒂娜说,"可以扣在我丈夫旁边。"

亨利启动引擎,徐徐驶进阳光下,亨利和克丽斯蒂娜在车库外等待。引擎盖极长。

乔治不在时,亨利和克丽斯蒂娜彼此相视,因彼此在两人深爱的这个男人的人生中所扮演的角色,露出坦率无言的会心激赏。

引擎启动,突突作响。

乔治下车来,展开舷梯。克丽斯蒂娜将轮椅转到坡梯旁,乔治将她推上车,将轮椅扣入铬合金杠上固定。

"太妙了,"亨利说道,"这么方便。"

克丽斯蒂娜拂去脸上几缕零乱的金发,亨利爬进逼仄的后座,坐在她身后。然后她为乔治找着太阳镜。

与很多古董车一样,这辆车的座位散发着皮革、油香、木头在玻璃罩下烹煮十来年的特殊气味。行驶的街道只容得下一辆车,人们坐在门口椅子上观望、招手。引擎很响。

"他们都认得我,"乔治喊道,盖过引擎声,"她的嗓门很古怪,是吧?"

"她?"克丽斯蒂娜吼道。

"他另一个老婆。"亨利帮着解释。

驶近一条隧道,两辆车绕过他们,险些迎面撞上一辆卡车。黄蜂摩托车在内车道超车,扬起团团飞尘。摩托车后座的乘客一路颠簸,神色泰然。

"你可能觉得这交通乱得没有章法——其实是蛮文明的。"乔治大声喊道,盖过引擎声。

后面驰来一辆小菲亚特,飚足了马力——掠过捷豹古董车。亨利转头看见一中年男子,神态自若,两车近得能叫亨利看见这男人需要好好刮脸。那男子点头示意。亨利招手。

"他们意大利人实在不喜欢独处——连开车时也是,"乔治喊道,"我就喜欢他们这一点。"

"他总说'他们意大利人'。"克丽斯蒂娜说道。

"你做什么工作?"亨利朝她喊道。

"心脏病专家。"她喊回来。

"挺有意思的。"

"是的,"她说道,"我热爱这工作。我多半在临终护理院工作。"

乔治转下一条尘土弥漫的窄路,似乎没有前路可去。道旁的夹竹桃蒙着尘土,开满了花。路况越发糟糕,乔治缓缓前行。

"我在寄宿学校的时候,"他开口说道,"从来不敢梦想开着英国产E-type,跟两个最好的朋友在地中海玩耍。"他转头看着亨利。"而且经过这么多事后,我们还这么快乐。"

"自那以来,你可大有变化。"亨利说道。

克丽斯蒂娜点点头:"是的,他确实是——我真为他骄傲。"

亨利对她微笑,心里暗忖乔治究竟与她说了多少事。

路尽头是一堆汽车,循着一堵石墙歪歪斜斜地停泊。亨利看不见大海,也听不见水声。

一群孩子四散,爬上墙,扛着包与椅子,沿着一条小道走去。

亨利已有数年不曾到沙滩。

乔治在远离众车的地方停车。亨利询问克丽斯蒂娜是否要生孩子,话一出口,便生起悔意,猛地意识到她的身体也许不能生育。

乔治一刹车:"要是会有的话,就会有的。"

然后他握着妻子的手。

"我真高兴我们在一起。这才是最重要的。对我来说,这就足够了。"

"我们还不知道我能不能,"克丽斯蒂娜承认道,转头对亨利说,"但是我们还有希望,不是吗?"

"你们会在意大利养大他们吗?"

"就在这里,诺托。"乔治坚定地说。

阳光灼亮,投在地面,将一切匀染上釉光。通往沙滩的小道狭窄又崎岖。

"有多远?"亨利问道。乔治拔开妻子的轮椅扣。

"大概走上五分钟,"他头也不抬地答道,"不太远——你能不能把车厢里装毛巾的袋子拿上?"

亨利点头。他察觉乔治的声音透着不安,又后悔适才提起孩子的事。

"我们还有葡萄的,在一个棕色纸袋里。"克丽斯蒂娜说道。

乔治展开舷梯,克丽斯蒂娜解开座位搭扣,将轮子合上车门坎上的两道凹槽。她下了车,乔治将东西全部折叠起来,俯身抱起她。她先亲吻他,再伸手挽住他的脖颈。

"帮我一把,把她的轮椅放进车里,好吗?"乔治问道。

"你抱着她去?"亨利问道。

"是的,"乔治应道,"我一直抱她的——省得去健身房了。"

"打住,"克丽斯蒂娜说道,"专心点儿——我可不想给摔了。"

"打住什么?"乔治问道,带着夸张的无辜口吻。

"打住取笑。"

"我取笑谁了?"

"我。"

"我喜欢抱你。"他坚持说道。

"不,你不喜欢。"

"是的,我喜欢。"

"为什么?"

她转向亨利:"会很有趣的。"

亨利搁下装沙滩毛巾的沉重帆布包。

"很简单,"乔治应道,"我需要被需要。"

克丽斯蒂娜仰头看一眼亨利。

"确实是这样,"她说道,"这是他唯一的缺点。"

半途,乔治停下脚步,背起克丽斯蒂娜。他谨慎地迈步,跨过茂密的矮丛植物和偶尔露头的岩石。天空是沉重的蓝色,阳光恶狠狠地压在人身上。

他们抵达沙滩,人们成群聚集——凑在遮阳伞的阴影下。水面异常静止,微呈淡棕色。孩子们涉水欢笑。老人脸上盖着宽檐帽打盹。

远远望去,礁石露出水面,映衬着地平线。有人戴着潜水管,游向礁石。克丽斯蒂娜说鱼儿和其他一些生命喜欢礁石上长的植物。

乔治把遮阳伞插进沙中,他们躺在棕色毛巾上吃葡萄。克丽斯蒂娜穿着橙色泳衣,腿上裹着毛巾。

"我还是不能鼓起勇气,走到那里去。"乔治说道。

"什么?"亨利问道。

克丽斯蒂娜碰了碰亨利的胳膊。

"你能来,我们真高兴。"她说道。

"她说得对,亨利,我们不该说这些,"乔治叹息道,"很抱歉,是我提起这个话头的。"

亨利捏起毛巾一角,揩揩眼睛。

"其实,你能提起,叫我很高兴,"亨利说道,"我真高兴你这么说,因为我真怕你会邀我去游泳。"说完后,他哭了一会儿,接着又笑起来。

离开沙滩前,亨利眼望乔治抱着妻子走向大海,带着洗礼般缓慢的敬畏。他们走进水中,她尖叫起来。海水一定冰着她的腿。乔治没有退缩。他以虔诚献身者的安详姿态,负荷起她的体重。

沙上极热。人们从亨利身旁漫步而过,拿眼瞧他,倒不是鲁莽无礼的,而是像在琢磨他是谁。

亨利背起克丽斯蒂娜回到车中。乔治拎着毛巾袋跟在后面,口中述说着远处一座古老废墟。

他们睡过午后余下的时光。

傍晚,乔治端了一杯水走进亨利的房间。

"亨利,我们喜欢打扮起来吃晚餐,要是你不介意的话——你知道的,只是好玩。"

"打扮?穿成小动物那样?"

"不是,"他轻笑道,"克丽斯蒂娜穿晚礼服裙,我戴上领带——很意大利式的。"

"我不知道我有没有……"

"穿我的吧——虽然我的衬衣给你可能太大。我真不敢相信,你这两年就带这点儿东西旅行——简直是苦修。"

"别担心,"亨利咧嘴笑道,"我还有不少别的行李。"

晚餐时,他们打开公寓侧面通向长阳台的门。

街上的生命气息灌满室内。

广场上的高大棕榈树点头晃脑,树上的虫子在喁喁嘶嘶。

他们说起很多事,克丽斯蒂娜描述心脏如何工作,电的奇迹,还有心脏瓣膜、心室、动脉、血管。

乔治痛饮一杯又一杯凉水。克丽斯蒂娜转动轮椅,去拿餐具橱上的结婚相册。

天仍溽热,他们在流汗。

"接下来做什么,亨利?"

"我也不知道。我没有钱了。"

"我可以借你一些。不过有个条件,你要跟我们住上一阵子。"

亨利点头:"我确实想住一阵子的。"

"太棒啦!"克丽斯蒂娜在房间另一端欢呼,"我也喜欢的。"

"你,别偷听。"乔治接口道。

"我和乔治夜里听音乐,"克丽斯蒂娜说道,举起一只 CD,"贝多芬的《田园交响曲》怎么样?"

他们重坐到阳台上。

高昂、进脆的音符卷地而来,涌进薄暮中,触动远方无垠的地平线。

黑夜率众星来临。

一日午后,亨利去游泳,不曾告诉任何人。失重的步伐承载他前行,涉进水中,咸水淹没至他的下颏。

他张开嘴喝水,决意汲取另一个世界的一部分。

他感觉身体随潮水起落。

他直挺挺地站立着,浮在水中,往外漂去。

海水猝然变黑。

冰冷的感觉。

变迁的感觉。

感觉的感觉。

法国，巴黎

九年后

亨利拎着一小袋食物,没有直接回家去,却决定从卢浮宫的庭院走过。

时值盛夏,周围的一切明媚映蔚。

亨利已在卢浮宫工作数年,是策展人。他重筑过去的场景,图解这些场景的美与意义。

他眼下策划的展览包括一些借自皮里亚斯博物馆的藏品。

皮特森教授帮着准备展览的宣传册。亨利与教授相识已有三十多年。

叫人欣慰的是,这本书需要数月才能完成。教授住在马尔罗家,巴黎城另一端。他们公寓里有一架三角钢琴,还雇着一个司机,汽车仪表板上摆着他儿女的照片。他们的名字是瑟勒斯特和伯纳德。

这样温暖的夜晚,皮特森教授喜欢在档案馆工作到很晚。他喜欢打开窗户,凝望卢浮宫四周的庭院。

喝雪利酒时,他总是先湿润嘴唇。

他的视线总是落在动作迟缓的人身上。

他拄着手杖,有些耳背。

乔治仍住在西西里。

他有两个小孩。

他说很不容易,但是做到了。

孩子的母语是意大利语,带着浓重的西西里口音。

冬天,亨利去看他们,孩子们缠着他玩耍。他们的母亲喊他们松开,不过大伙儿都笑起来。

屋里遍布她的轮椅磨痕。流浪猫仍在门外守望,等待吃残食。天气总是暑热,总有食物在烹煮。

亨利在博物馆的朋友已离开巴黎,去勃艮地或卢瓦谷避暑。再过一阵子,亨利会加入他们,一道吃漫长的晚餐,酒香泡泡,䣣水融融,沉甸甸的被下悠长的梦,午后汤沐,友伴相得。

砾石在亨利脚下咔嚓作响。他的购物袋中装着一陶罐酸奶、一瓶水、一个苹果、一个橙子。塑料提手沉重,在手指上勒出深深的印痕。他喜欢一路走,袋子一路晃荡的感觉——就像一只钟摆,计算走过博物馆庭院的时间,在这些庭院里,高高雕在墙上的石刻守卫,俯瞰游人和相机的闪光,却视而不见。

一对年轻夫妇放下背包,拨弄喷泉池中的黑水,泛荡涟漪。一个流浪汉自言自语,讲述一些重要的事。

亨利步履徐缓,头发已侵霜,喜欢睡前喝一杯葡萄酒。

有时,他沿塞纳河走回家,想起西西里的老友,往任何一只伸出来讨钱的手掌中放一枚硬币。

有时,他想起她,想起她们。想想事情原可有的另一番模样。

有时,他心里只想这一些。

但他再也不会停下脚步。

他再也不会停下顾望。

他往前走。

往前迈去的每一步中,他都能感觉她们的生命重量。

他痴迷于细碎事物的美:滚烫的咖啡,敞开的窗户吹进来的风,雨滴叩敲的声响,过往的自行车,冬日冷清的雪景。

在这个最明亮的傍晚,亨利·布利斯步态迟迟,走过博物馆的高窗,窗中透出内部的断片。一截拿破仑时期军装袖子的油画,一片白色大理石肩膀,绣帷上一头狮子的脑袋。

他走向一道台阶,通往两庭院间的幽暗拱道——若要进入满室展品的浩大空间,须先走过这个荡漾回声的逼仄空室。

踏上第一级台阶,异常的动静吸引他的注意。

有人跌落。

一个女子偃伏在地上。

周围的人惊得敛息,但仍远远立着,摆动双手,不知所措。

亨利撂下袋子,穿过人群。

他扑上前,双膝着地,伸出双手。

他碰了碰她,捧起她的头,用双手护住,免受庭院尖石子的磕碰。

她凝视他,不曾眨眼。

有一天,他会给女儿讲述这个故事:

相机裂成碎片。

他承起她的体重，以及即将来临的重量。

他将她唤回这个世界。

她的手臂推开他，但他的眼神将她托起。